# Femme
# PASSION

Dans la même collection

# AIMÉE DUVALL

# JE LE DOMPTERAI

**PRESSES DE LA CITÉ**
**PARIS**

Titre original :

To tame a heart

Première édition publiée par Pageant Books,
225 Park Avenue South, New York 10003.

Traduction française d'Étienne Menanteau

© 1988 by Aimée Thurbo
© Presses de la Cité, Poche 1990 pour la traduction française
ISBN : 2-285-00003-0

# 1

LE véhicule tout terrain s'immobilisa devant la barrière. Chris Lassiter consulta sa montre. Elle était en retard. Vu l'état de la chaussée, cela n'avait rien d'étonnant. Le Centre expérimental était niché en pleine montagne, au milieu des pins, et l'on y accédait par une petite route sinueuse et accidentée, goudronnée seulement jusqu'à mi-chemin. Les derniers kilomètres avaient été les plus éprouvants, et elle avait dû se livrer à un véritable gymkhana pour éviter les ornières et les affleurements de roche qui criblaient la piste de terre. Le trajet s'était finalement déroulé sans incidents notables, mais il lui avait paru interminable, et elle était en nage. Le Pr Lange pouvait se flatter d'être à l'abri des curieux pour mener à bien ses recherches...

Chris se refit rapidement une beauté, un œil rivé au rétroviseur. A priori, elle n'avait aucune raison de s'inquiéter, car on lui avait assuré en haut lieu que le Pr Lange était un homme charmant. Mais elle ne le connaissait que par ouï-dire, et pour leur prise de contact elle tenait à faire bonne impression. Ne venait-on pas, en effet, de la nommer assistante du célèbre savant ? Son sort, toutefois, restait suspendu à la décision du professeur. Tant qu'il n'aurait pas donné son accord définitif, elle demeurerait dans l'incertitude.

Non qu'elle manquât d'atouts : imaginez au contraire une ravissante petite blonde aux yeux verts, gracieuse et menue, qui comptait bien sur ses charmes pour attendrir le vieux monsieur et obtenir son aval. En raison des circonstances, et du travail qui serait le sien, elle n'avait pas jugé utile de faire des frais de toilette, comme il est coutume en pareil cas. N'allait-elle pas devoir s'occuper d'une meute de loups, en compagnie du distingué professeur, qui avait présentement jeté son dévolu sur ces horribles bêtes ? Autant dire qu'il fallait avoir le cœur bien accroché, et apparaître comme une fille saine et solide, prête à accomplir sans rechigner des tâches ingrates et périlleuses...

Chris ouvrit sa portière et posa précautionneusement le pied dehors. Avec un 4 x 4, on passe partout, car il est haut sur roues ; mais ce n'est pas toujours facile d'en descendre, quand on a de petites jambes...

Elle poussa la barrière. Juste derrière s'élevaient deux enclos grillagés. Très haut et incurvé à son extrémité supérieure, de manière à prévenir toute tentative d'évasion, le premier renfermait les loups, dont l'habitat naturel avait été reconstitué. Sous les bouleaux, entre les roches et les arbustes, se profilaient des ombres...

Elle frissonna et se tint à distance respectable.

La seconde clôture protégeait une petite maison mobile en préfabriqué, genre de roulotte, devant laquelle était garée une vieille camionnette débâchée. A l'aide de l'une des clés qu'on lui avait remises, Chris ouvrit le gros cadenas et, sans se laisser intimider par les grognements sinistres qui provenaient d'à côté, elle s'en alla frapper. Pas de réponse. Elle insista; sans plus de succès.

Le soir tombait. Bientôt le soleil se cacherait derrière la montagne et il ferait nuit noire. Peu désireuse de rester seule dehors en compagnie d'une meute de loups, la jeune femme décida de rentrer à l'abri. L'absence du professeur lui parut bizarre, et de bien mauvais augure. Il n'avait même pas pris la peine de l'accueillir... John Schmidt, son prédécesseur, avait pourtant promis de le prévenir de son arrivée. Un sombre pressentiment l'assaillit. Où diable avait-il pu bien passer? Scientifique de renom international, frisant la soixantaine, Max Lange faisait figure de vedette dans l'université du Nouveau-Mexique où il était professeur honoraire. Peut-être était-il tout simplement en train de se reposer, après une dure journée de labeur au milieu de ses fauves... Qui pourrait lui en tenir rigueur, à son âge...?

Chris venait de lire un article relatant la brillante carrière de Max Lange. Ses derniers travaux sur les habitudes alimentaires des mammifères carnivores avaient soulevé l'enthousiasme des spécialistes. Elle-même zoologiste, terminant actuellement sa thèse de doctorat, Chris jouissait ainsi du privilège enviable de seconder l'un des savants les plus réputés dans son domaine... On mesure mieux son inquiétude.

– Hou! hou! Il y a quelqu'un?

Silence.

Elle entra. Personne. Le Pr Lange l'aurait-il par hasard oubliée? Ou bien aurait-il renoncé à l'attendre? Il est vrai qu'elle arrivait avec trois heures de retard...

Il n'avait pourtant pas dû aller bien loin, sa voiture était dehors. Pensant le voir revenir d'un moment à l'autre, Chris visita les lieux.

De chaque côté d'un long couloir, séparées par une petite cuisine et une minuscule salle à manger, étaient aménagées deux chambres, dotées chacune d'une couchette et d'un cabinet de toilette adjacent. Partout, des étagères remplies de livres et de dossiers.

Les cabines elles-mêmes étaient divisées en deux par une cloison coulissante. Celle du fond était apparemment inoccupée. Il devait donc s'agir de la sienne. Morte de fatigue, Chris se laissa choir sur le lit.

Elle ôta ses chaussures, puis elle s'allongea et ferma les yeux en guettant le retour de son hôte. Mal lui en prit. Le sommeil la gagna. Elle s'assoupit doucement, en rêvant à un vénérable professeur à barbichette, portant des lunettes rondes cerclées d'écaille...

Elle s'éveilla en sursaut. Il y avait quelqu'un dans la roulotte... Le professeur! Non seulement elle l'avait fait attendre, mais en plus il la trouvait au lit! Qu'allait-il penser d'elle?

La paupière lourde, elle sauta du lit et enfila ses chaussures. Puis, sans faire de bruit, elle jeta un coup d'œil dans la pièce voisine. Stupeur. Au lieu d'un vieux monsieur aux tempes grisonnantes, elle vit un grand gaillard d'une trentaine d'années, qui fouillait dans les tiroirs de la cuisine à la lueur d'une lampe de poche! Il se munit d'un long couteau de cuisine, et caressa la lame effilée entre ses doigts...

Un cambrioleur! Chris se retrouvait en présence d'un malfaiteur qui, après avoir fait un mauvais sort au Pr Lange, s'était introduit dans la roulotte pour la dévaliser! Pas de doute : il s'agissait d'un voleur, sinon il n'aurait pas hésité à allumer la lumière. Que faire? Elle ne pouvait rester là, passive, à attendre qu'il lui saute dessus...

Si seulement elle avait de quoi se défendre!... Étant donné le gabarit de l'individu et l'espèce de tranche-lard posé à côté de lui sur la table, il était exclu de l'affronter à mains nues.

De l'autre côté de la cloison, non loin de la porte, était posée une hachette à même le sol. Rassemblant son courage, Chris s'avança à pas de loup. Par chance, il lui tournait le dos, occupé pour l'heure à vider consciencieusement le réfrigérateur, avec l'intention manifeste de se restaurer avant de mettre la roulotte à sac...

Chris saisit la hachette et la brandit à deux mains.

– Pas un geste! je ne suis pas violente de nature, mais si vous bougez, je vous fends le crâne!

L'homme se figea net.

– Lâchez ce couteau, ajouta-t-elle, et tournez-vous lentement vers moi.

Il se baissa et fit glisser le couteau sur le carre-

11

lage. C'était une ruse pour détourner son attention. Chris le comprit trop tard, lorsqu'il se jeta sur elle et la plaqua contre la porte, avant de la désarmer.

La hachette tomba à terre avec un bruit sourd.

— Vous n'imaginez tout de même pas que je vais me laisser agresser chez moi? gronda-t-il en lui attrapant les mains.

Chris se débattit furieusement.

— Lâchez-moi, espèce de brute!

— Calmez-vous, je ne vous veux pas de mal, dit-il en la secouant comme un prunier.

— Vraiment?

Elle lui écrasa les orteils d'un magistral coup de talon. Il poussa un juron et recula en clopinant.

— Très bien. Puisque c'est comme ça...

Elle tenta de s'enfuir, mais il la cueillit au vol.

— Tout doux, ma belle, ou bien je vais être obligé d'employer la manière forte.

Il la ceintura sans ménagements. Toute résistance était inutile. La voilà donc à la merci de cette horrible brute!

— Espèce de voyou! Qu'avez-vous fait du professeur?

— Je vous demande pardon?

— Où est-il, voulez-vous me le dire?

— Ici même, devant vous. Je suis le professeur; c'est moi. Maintenant, à votre tour de m'expliquer ce que vous fabriquez ici.

Chris ne s'avouait toujours pas vaincue. Il lui tenait les mains, mais elle pouvait encore se servir de ses jambes. En dernier ressort, elle tenta de lui décocher un coup de pied dans les tibias. Il esquiva, sans pour autant lâcher prise. Au contraire, il la projeta alors à terre et il l'immobilisa en lui maintenant les bras au-dessus de la tête.

— Quelle tigresse, ma parole! Soyez donc raisonnable, vous n'avez aucune chance.

— Allez au diable! Qui êtes-vous?

— Je viens de vous le dire.

— Vous vous moquez de moi! Le Pr Lange a une soixantaine d'années, ce qui n'est pas tout à fait votre cas, riposta-t-elle, en essayant de dominer sa peur.

Il l'étudia attentivement.

— Vous êtes très jolie, savez-vous... Reste que je ne comprends toujours pas pourquoi vous avez volé une voiture appartenant à l'université pour venir vous introduire chez moi.

— N'inversez pas les rôles. ce n'est pas moi, ici, l'intrus. Qu'est devenu le professeur? répétat-elle, d'une voix légèrement chevrotante.

Il fit la grimace.

— Toujours le même refrain... Tenez, mon permis de conduire se trouve dans la poche revolver gauche de mon pantalon. Vérifiez par vous-même mon identité.

Il lui lâcha doucement un bras.

— Allez, prenez-le. Mais attention, pas de bêtises. Je vous tiens à l'œil.

Chris était perplexe. S'il insistait pour lui montrer ses papiers, c'est qu'il était sincère. Se pourrait-il donc qu'elle ait commis une affreuse méprise et qu'il s'agisse bel et bien d'un associé du Pr Lange? John Schmidt lui avait pourtant dit

13

que ce dernier vivait seul. Et si cet individu avait la conscience tranquille, comment expliquer son étrange comportement de tout à l'heure?

Timidement, Chris retira du bout des doigts le portefeuille de sa poche, frôlant au passage le tissu plaqué sur ses reins, que l'on devinait fermes et musclés... Tremblante, elle sortit ensuite le permis de conduire plastifié. Il lui fallut alors se rendre à l'évidence : c'était bien lui, sur la photo, et il s'appelait Lange.

— Mais enfin, c'est impossible! Vous ne pouvez pas être le Pr Lange!...

Il sourit et desserra son étreinte, sans la libérer complètement.

— Si. Vous m'avez simplement confondu avec mon père. Il existe deux professeurs Lange, dont un seul – mon père – est vraiment connu. Moi je m'appelle Joshua.

Chris se sentit brusquement ridicule. Victime des apparences, dans une position pour le moins scabreuse, elle était allongée sur le sol, pratiquement dans ses bras.

— Je... je suis absolument confuse. Je m'attendais à trouver quelqu'un de beaucoup plus âgé. Aussi, en vous voyant fouiller dans la cuisine, un couteau à la main, vous ai-je pris pour un cambrioleur qui venait de s'attaquer au Pr Lange – enfin... à votre père.

Elle cligna des yeux.

— Il me serait plus facile de parler debout.

— Vous êtes très bien ainsi. Après ce que je viens de voir, je ne veux prendre aucun risque. Continuez, je vous écoute.

Il lui jeta un regard soupçonneux.

– Votre histoire ne tient pas debout. Vous allez me faire le plaisir de m'expliquer qui vous êtes et ce qui vous amène ici.

– Je vous répète que je vous croyais plus âgé. Comme on m'avait dit que seul le Pr Lange avait les clés de cet endroit, j'en ai conclu tout naturellement que vous étiez un cambrioleur qui venait se retourner contre moi, déclara-t-elle.

– Je m'apprêtais juste à couper des tranches de rôti quand vous m'avez lâchement agressé, répliqua-t-il, moqueur.

Il plissa les yeux, son visage se ferma. Sceptique, il la cloua du regard. Chris tenta vainement de conserver ce qui lui restait de sang-froid ; le personnage ne la laissait nullement indifférente : une mèche balayait son front, sa bouche, ferme, gourmande, était si tentante...

– Je suis assez mal... installée. Pourrais-je me relever ?

– Non. Je préfère vous avoir bien en main.

– Je vous en prie... Figurez-vous, bredouilla-t-elle, écarlate, que c'est vous que je suis venue voir.

– Sans blague ! Il y a encore cinq minutes, vous ignoriez tout de mon existence.

Toujours aussi incrédule, il enchaîna :

– Essaierait-on, par hasard, de me jouer une farce ?

– Pas du tout. Laissez-moi vous expliquer...

Pourquoi la troublait-elle à ce point ? A priori, elle n'avait rien de spécial... sinon un charme fou !

– Qu'espériez-vous donc ? Si vous aviez l'intention d'abuser de moi, railla-t-il, dites-le tout de suite. Je serai ravi de vous donner satisfaction.

— De grâce, professeur, laissez-moi me relever, balbutia-t-elle, cramoisie.

— D'accord.

Il se redressa le premier et l'aida à l'imiter.

— Surtout, restez calme. Si vous tentez quoi que ce soit, vous allez me le payer cher, je vous le garantis, déclara-t-il.

Il n'avait pas l'air de plaisanter. Chris enregistra la menace sans broncher.

— C'est promis, je serai sage comme une image, répondit-elle en formulant un vœu pieux.

Car son imagination galopait. Mille idées folles se bousculaient dans sa tête. Ce monsieur était si... viril! Diable l'homme, que le Pr Lange junior. Grand, beau, bon... sans doute. Chris en avait l'eau à la bouche. D'autant qu'il y avait si longtemps qu'on ne lui avait pas fait la cour et qu'un homme ne l'avait prise dans ses bras...

Il s'assit à califourchon sur une chaise.

— Sans vouloir vous offenser, reprit-il, imperturbable, pourriez-vous enfin m'expliquer qui vous êtes et ce que vous venez faire ici?

Elle soupira.

— Eh bien?

Il n'y avait pas d'échappatoire possible. Cette fois, Chris se trouvait au pied du mur. Mieux valait vider l'abcès tout de suite, quitte à essuyer de nouveaux sarcasmes de sa part.

— Vous allez rire, professeur, mais je suis Chris Lassiter, votre nouvelle assistante, articula-t-elle faiblement, au bord de la syncope.

16

Il ouvrit des yeux ronds.

– Vous ne parlez pas sérieusement!...

Penaude, elle baissa le nez.

– Si. Tout cela n'a été qu'un affreux malentendu; par ma faute... Je suis arrivée en retard; la route est épouvantable, surtout quand on n'en a pas l'habitude. Mais ne me jugez pas trop vite, lança-t-elle en se ressaisissant : j'ai d'excellentes références. Je termine actuellement mon doctorat, et...

– Ah... Je commence à comprendre! Lorsqu'on m'a annoncé l'arrivée de Chris, je n'ai pas pris garde et j'ai pensé tout naturellement qu'il s'agissait d'un homme. John ne m'a pas donné d'autres précisions. Sans doute voulait-il me faire la surprise, ce serait bien son genre. En voyant le véhicule garé dehors, j'en ai déduit que mon nouvel assistant était parti se reposer, et je n'ai pas voulu le réveiller. C'est pourquoi je me suis muni d'une lampe de poche, au lieu de brancher le générateur électrique.

Il dodelina de la tête.

– En tout cas, vous pouvez vous vanter d'avoir fait une entrée fracassante.

Il se passa la main dans les cheveux.

– Cela dit, je crains que vous ne vous soyez déplacée pour rien. Je ne nie pas que vous ayez une personnalité attachante, ni que vous soyez fort jolie, mais cela ne suffit pas. J'ai besoin de quelqu'un de solide pour s'occuper des bêtes. Les loups ne sont pas des petits chiens, et il faut savoir se faire respecter. Et puis, vous êtes bien trop fluette pour vous charger des corvées d'entretien.

Retournez donc à vos chères études, et cherchez un emploi plus en rapport avec vos capacités.

Chris qui ne perdit pas de vue une seconde la contrepartie financière de son travail, répliqua aussitôt :

– Ne vous inquiétez pas, professeur. Je ne suis pas si fragile que ça.

Elle s'assit et, d'une voix calme, reprit :

– Le travail manuel ne me fait pas peur. J'ai été élevée à la ferme, avec quatre frères, et je sais me servir d'un marteau ou d'une pelle aussi bien qu'un homme. Vous auriez tort de vous en tenir aux apparences et de me renvoyer sans même me donner la chance de faire mes preuves. Mon prédécesseur lui-même a reconnu que j'étais la plus qualifiée pour le remplacer.

– Pourquoi insister ? Ce n'est pas un travail de femme, je vous assure. Vivre au milieu des loups n'est pas une sinécure, croyez-moi. Je suis certain que vous trouverez autre chose.

– Vous oubliez que j'ai besoin d'argent, et que l'on m'offre ici un salaire correct.

Il opina gravement.

– Je ne dis pas le contraire : moi aussi, j'ai été obligé de travailler pour payer mes études. Mais hélas, je vous vois mal à ce poste. Je ne vous reproche pas d'être une femme, mais je crains simplement que vous n'ayez pas la force et la résistance nécessaires pour me seconder efficacement. Sans compter que vous serez obligée de dormir ici de temps à autre – il n'est pas question de s'aventurer seul dans la montagne après la tombée de la nuit –, et que dans un espace aussi réduit, la cohabitation ne va pas sans poser quelques problèmes.

Chris s'agitait impatiemment sur son siège. Son petit couplet sexiste n'ayant pas donné les résultats escomptés, il jouait maintenant la carte de la galanterie. Un malin, ce Joshua Lange; ou plutôt, un macho ordinaire, imbu de sa supériorité de mâle, qui essayait de jouer au plus fin avec elle : on connaît la chanson. Chris n'était pas tombée de la dernière pluie.

— Les chambres sont séparées l'une de l'autre par la cuisine et la salle à manger. Cela devrait nous laisser suffisamment d'intimité à chacun, observa-t-elle doucement.

Elle le regarda droit dans les yeux.

— Qu'est-ce qui vous chiffonne?

Il se gratta le menton.

— Mettons les choses au point. Si d'aventure vous restez un moment ici, n'escomptez aucun traitement de faveur de ma part, sous prétexte que vous êtes une femme. Je suis chez moi; j'ai mes habitudes, mes manies, et je ne tiens pas à ce que l'on me dérange, bougonna-t-il.

Elle sourit.

— Pour qui me prenez-vous, professeur? Je ne suis pas si naïve. Si vous aimez vous promener en petite tenue, ou même tout nu, ne vous gênez pas. Cela m'est complètement égal. Je suis là pour vous faciliter la tâche, pas pour vous compliquer l'existence.

Il eut un geste d'agacement.

— Vous m'avez mal compris. Je ne voudrais pas paraître vieux jeu, mais il se trouve que cet

19

endroit n'a pas été conçu pour abriter un couple. D'autre part, je vous signale qu'il m'arrive de recevoir de la visite. Cela risque d'être délicat.

Il la dévisagea cruellement.

— Soyez donc raisonnable. Pourquoi vous obstiner? Que diable, je ne suis pas allé vous chercher! Tenez-vous absolument à me gâcher la vie?

— Je suis là pour travailler, professeur, point à la ligne. D'ici quelques mois j'aurai terminé mon doctorat, et la situation sera différente. En attendant, je suis bien décidée à occuper ce poste. Vous verrez, conclut-elle avec un sourire de victoire, bientôt, vous ne pourrez plus vous passer de moi.

— Je perds mon temps à essayer de discuter avec vous. Mais ce n'est que partie remise : vous n'allez pas tarder à déchanter, croyez-moi. Je ne vous donne pas huit jours.

Il poussa un soupir résigné.

— Vous n'imaginez pas comme ce travail peut être épuisant.

Le fracas du tonnerre ébranla la maison.

— Allez donc vous coucher. Nous avons une rude journée devant nous. De toute façon, il est trop tard pour repartir, maintenant.

— Mes affaires sont restées dans la voiture, dit Chris en se levant.

Des trombes d'eau s'abattirent sur la roulotte et les bois environnants. Chris revint peu après, trempée comme une soupe et grelottante, malgré son blouson imperméable. Elle s'enveloppa dans la couverture, puis elle commença à déballer.

— Inutile de défaire vos bagages. Vous ne tiendrez pas vingt-quatre heures, observa-t-il avec une moue de dédain.

– Chiche!

Dominant son aigreur, Chris enchaîna :

– Accordez-moi au moins une semaine. Si d'ici là je ne vous donne pas satisfaction, je m'en irai, c'est promis.

Ils se regardèrent.

– Alors?

Il fit un signe de la tête.

– D'accord... Mais je vous aurai prévenue : vous vous préparez d'amères désillusions.

– Nous verrons.

Chris tombait de sommeil. Épuisée par toutes ces émotions, elle avait hâte de rejoindre son lit. Elle se leva et prit congé :

– Il faut que j'aille me coucher. Je tiens à être en forme demain matin, expliqua-t-elle.

– Bonne nuit. Si seulement vous étiez moins crispée..., ajouta-t-il en souriant.

# 2

CHRIS s'éveilla doucement. Le jour pointait derrière le rideau. L'arôme du café chaud flottait dans l'air. Dans la cuisine, de l'autre côté de la cloison, on entendait remuer. Lui... Il était déjà sur pied!

— Debout, Chris! Ici, on se lève à sept heures! claironna-t-il.

Chris s'étira en bâillant. Aïe! A cause de cette mauvaise paillasse dure comme du bois, elle était toute courbatue. Elle s'assit et se massa l'épaule, d'abord tout doucement, puis avec vigueur. Ce n'était pas le moment de jouer les douillettes ni de s'apitoyer sur son sort. Tout allait se décider dans la journée, Joshua Lange le lui avait assez répété, la veille au soir. Il lui était donc indispensable de faire bonne figure, et de se montrer pleine d'entrain et d'enthousiasme si elle voulait réussir son examen de passage.

Elle fit, ce matin-là, une toilette de chat. Après s'être recoiffée et mis un peu de rouge à lèvres, elle rejoignit, le cœur battant, le Pr Lange.

— Bonjour, Chris! Avez-vous bien dormi?

Asseyez-vous, je vous sers dans un instant. Aujourd'hui, c'est moi qui prépare le petit déjeuner. Demain, ce sera votre tour. Dorénavant, nous alternerons.

– D'accord.

– De toute façon, il n'y a pas de place pour deux dans la cuisine. Et puis, ajouta-t-il, je n'ai pas l'intention de vous traiter comme une bonne, au contraire. Nous partagerons tout, à commencer par les tâches domestiques.

– Hum...

Le programme était trop vague, ou le sous-entendu trop explicite. Christ resta sur le qui-vive.

– Voulez-vous des œufs?

– Oui.

– Comment?

– Peu importe... pourvu que vous ne me les jetiez pas à la figure!

Il s'esclaffa.

– Encore heureux que vous ayez le sens de l'humour. Cela vous sera utile en fin de journée.

Elle le laissa préparer une omelette. Joshua Lange était décidément un personnage déconcertant. Ce solitaire qui vivait seul au fond des bois était aussi un bourreau des cœurs; ses manières brusques cachaient une profonde sensibilité, et quand il ne faisait pas la grimace il avait un sourire charmant.

Monsieur jouissait, en effet, d'un physique des plus avantageux. C'était un grand brun, au teint hâlé et au regard clair, que l'on sentait volontaire et empli d'assurance; un homme, en somme, au vrai sens du terme, têtu, viril, sensuel... Caustique, il cultivait une ironie mordante, sans jamais toutefois être méchant.

Comme il lui tournait le dos, Chris poursuivit son examen, s'attardant un instant sur telle partie charnue de son anatomie, – comme si ces dames, en effet, avaient leurs priorités...

– Il va falloir vous en contenter.

– Je vous demande pardon?

Il se retourna, une casserole à la main.

– Il ne me reste plus de pain; vous serez obligée de manger des biscottes.

– C'est parfait. Je ne suis pas si difficile, vous savez.

– A quoi pensiez-vous donc? demanda-t-il avec un sourire insidieux.

– Je...

Il ricana. Elle rougit jusqu'aux oreilles.

– Si vous me parliez un peu de vos recherches sur l'alimentation des loups. Auriez-vous par exemple noté une différence entre les habitudes alimentaires des mâles et celles des femelles? demanda Chris, précipitamment.

Il montra sa surprise.

– Qu'est-ce qui vous fait croire que je pense à ça?

– Il me semblait avoir lu...

Il se rembrunit.

– Mes travaux n'ont rien à voir avec ceux de mon père. En tant que biologiste, j'étudie les loups dans leur milieu naturel, pour aider à la survie de l'espèce, déclara-t-il sèchement.

Honteuse de son étourderie, Chris piqua du nez dans son assiette. Par mégarde, elle venait de commettre une gaffe, et cela avait jeté un froid. Sa méprise, cependant, n'avait rien de désobligeant, et elle s'expliquait d'autant mieux que personne ne l'avait réellement mise au courant des activités de son nouveau patron, ni ne lui avait précisé exactement son identité.

Minimisant l'incident, Chris engloutit consciencieusement son omelette et ses biscottes.

Un sourire se peignit sur les lèvres de Joshua.

— Montrez-vous toujours autant d'appétit? demanda-t-il.

— Oui. Il est important de bien manger le matin si l'on veut être en forme pour travailler. Tous les gens de la campagne vous le diront.

Pour être sûre de bien se faire comprendre, Chris ajouta:

— On ne chôme pas, à la ferme, je vous assure. Vous auriez tort de me juger sur ma petite taille. Je n'ai pas l'habitude de me dérober à la tâche, et j'ai toujours donné satisfaction.

— Autant que vos frères?

— A ma manière, oui. Je n'avais peut-être pas leur force, mais par contre, de l'énergie et de la bonne volonté à revendre, oui.

Elle haussa les épaules.

— En somme, il va encore falloir que je fasse mes preuves.

— Qu'est-ce donc qui vous motive à ce point? Le travail au grand air? Le salaire? Il n'est pourtant pas mirobolant.

— Sans doute vous paraît-il bien modeste, mais il me suffit à payer mes livres et mon loyer.

Elle se renversa sur sa chaise.

– C'est aussi une question de principes : je n'ai pas coutume de jeter le manche avant la cognée.

– On verra...

– C'est tout vu, professeur.

Il sourit avec indulgence.

– Appelez-moi Joshua.

– D'accord, Joshua.

Et puis Chris fit la vaisselle et la déposa sur l'égouttoir.

– Il va falloir vérifier la clôture du parc à loups. Les eaux de pluie s'écoulent facilement car le sol est en pente, mais il arrive que le ruissellement creuse des trous au pied de la grille, par lesquels nos amis risquent de s'échapper si l'on n'y prend pas garde. Nous devrons aussi nous assurer que les piquets tiennent toujours solidement, et nettoyer la rigole qui borde le grillage.

– Nous voilà avec du pain sur la planche, observa-t-elle, rêveuse.

– Vous êtes libre de partir quand bon vous semble. Ce n'est pas une partie de plaisir, croyez-moi.

Chris attrapa sa veste posée sur la chaise, puis elle donna le signal du départ.

Son enthousiasme décrut sensiblement au fil des heures. Joshua Lange ne mentait pas : le travail de terrassement s'avéra exténuant. Une fois débarrassé des pierres, branchages et autres feuilles mortes qui l'obstruaient en partie, il restait à épandre dans le fossé une fine couche de gravier, pour tenir la terre. Chris fut bientôt en nage et eut les mains couvertes d'ampoules. Une douleur lancinante lui sciait les reins, elle haletait derrière sa brouette. Il faut dire à sa décharge qu'elle n'avait pas pratiqué ce genre d'exercice depuis plus de deux ans, et qu'elle manquait donc d'entraînement. Tout de même, ce n'était pas un travail pour une femme.

Elle se redressa et s'appuya sur sa pelle. Ce n'était malheureusement qu'un avant-goût de ce qui l'attendait. Le Nouveau-Mexique jouit d'un climat rude : il n'y pleut presque jamais – sauf en été, sur les hauteurs. Ce sont alors des trombes d'eau qui s'abattent sur le sol brûlant et desséché, causant inondations et glissements de terrain. Autant dire qu'elle n'était pas au bout de ses peines, et que Joshua Lange, force était de le reconnaître, n'avait pas entièrement tort de la mettre en garde : on ne passe pas impunément sans transition de l'atmosphère feutrée et climatisée des amphithéâtres et des bibliothèques universitaires à la dure réalité des travaux des champs.

Elle jeta un coup d'œil dans sa direction. Il n'était pas mieux loti : torse nu, ruisselant de sueur, il enfonçait à grands coups de maillet les piquets à moitié arrachés par le déluge. Avec une belle ardeur, il poursuivait méthodiquement sa tâche au grand soleil, insensible à la fatigue. Il ne fallait pas se leurrer; Joshua Lange n'était pas seulement doté d'une robuste constitution, il avait aussi une volonté de fer, et la sagesse de s'accepter tel qu'il était, avec ses forces, ses faiblesses et ses contradictions. Tel était sans doute le secret de sa vigueur et de son énergie inépuisable : une grande paix intérieure. A sa manière, c'était un sage, réconcilié avec lui-même et avec la nature : les animaux – les loups – venaient quasiment lui manger dans la main. Chris l'observa avec émotion caresser l'un de ses pensionnaires à travers le grillage.

Mais s'il jouait avec un certain bonheur le philosophe aux champs, ce monsieur avait cependant le vilain défaut de dénigrer la gent féminine, tout au moins de sous-estimer gravement la valeur de sa jeune collaboratrice, qu'il traitait avec condescendance. Chris connaissait la chanson : ce genre d'hommes, imbus de leur supériorité et de leurs prérogatives de mâles, est finalement assez répandu pour qu'elle ait appris très tôt à s'en détourner. Quand on ne peut les éviter, cas hélas le plus fréquent, il faut alors s'attendre à mener une longue guerre de tranchées où, à force de patience et de résolution, on parvient à gagner la confiance – voire l'estime – de ces messieurs. Chris avait vaillamment combattu. Elle avait soutenu l'assaut de la vulgarité, résisté au dédain, repoussé la muflerie, et récolté au passage quelques médailles; mais la victoire avait été chèrement acquise, et rien n'était jamais définitif, les hostilités pouvant reprendre à tout propos. Enfant sage, secrétaire parfaite, institutrice dévouée, étudiante brillante, épouse modèle, veuve courageuse, elle pouvait marcher la tête haute dans la rue, et revendiquer un succès méritoire. Son triomphe, pourtant, avait un goût amer. Tant de rêves, d'espoirs et de tendres illusions avaient péri au champ d'honneur où, pire, elle avait dû sacrifier la part la plus précieuse et la plus exquise de sa personnalité, son charme. A force d'affronter les hommes sur leur propre terrain, Chris en avait oublié qu'elle était femme. Réussir ou séduire, il faut choisir.

Elle aurait eu besoin d'un compagnon qui soit d'abord un véritable ami, un confident, qui partage ses goûts et ses passions, quelqu'un qui la stimule et la valorise, un homme qui l'aide à se sentir séduisante et pour qui elle se ferait belle, un homme qui l'aime avec un brin de folie, qui sache la dorloter, la choyer, la surprendre...

Son défunt mari, Jake, paix à son âme, ne correspondait guère à cette description. C'était un brave garçon, costaud et pas très dégourdi, qui adorait sa petite femme et faisait de son mieux pour la rendre heureuse. Mais hélas, sorti du football américain – il était entraîneur de l'équipe locale – il avait des horizons limités, ce qui ne facilitait pas la conversation. Il y avait quand même des côtés agréables : il était tendre et empressé, et le couple passait des soirées ardentes et des nuits voluptueuses. Il ne fallait simplement pas qu'il ouvre la bouche. D'ailleurs, c'était plutôt un manuel.

Joshua Lange, quant à lui, appartenait à une autre catégorie, tout aussi répandue, et non moins pernicieuse : les grognons ; ces éternels mécontents, les insatisfaits pathologiques qui rouspètent à tout bout de champ et envoient promener la compagnie ; des timides, au fond. Lui, il s'était carrément retiré en ermite dans la montagne au milieu des loups – saint François d'Assise pourvu du caractère du capitaine Haddock, l'alcool en moins. Un ours et des loups : il ne manquait plus qu'un éléphant et un dromadaire pour monter un zoo.

Mais un ours, ça se dresse. Ça devient alors très docile, on en fait pratiquement ce qu'on veut ; on peut même dormir avec. Chris pouffa. Sans aller jusque-là, il devait y avoir moyen d'éviter les heurts et de trouver un modus vivendi avec ce bourru. Il suffisait de réduire les contacts au minimum. Chris résolut ainsi de ménager ses susceptibilités et de répondre à ses coquetteries masculines par une indifférence soigneusement calculée – bien qu'elle brûlât d'envie de lui chatouiller les côtes, à cet animal ! Ignorant ses sarcasmes et ses remarques désobligeantes, elle le laisserait ronchonner dans son coin, certaine que tôt ou tard il serait obligé d'admettre ses compétences et la valeur de son travail.

Il y a mille façons d'amadouer un ours. La première et la plus simple, c'est de lui préparer des petits plats. Un ours, c'est gourmand. Et puis quand il aurait la patte engluée dans le pot de miel, vlan ! le collier et la laisse, et que ça saute !

Nounours, pour l'instant, jouait à cache-cache derrière les sapins, bricolant avec son petit maillet. Elle le perdit de vue, quand soudain, à midi pile, ils tombèrent nez à nez.

– Ce n'est pas trop dur ? Comme j'ai fini, je viens vous donner un coup de main, expliqua-t-il en poussant sa brouette.

– Vous arrivez trop tard, mon cher. J'ai terminé.

– Vous voulez rire !

30

– Pas du tout. Pourquoi, cela vous étonne?

– Bon, d'accord..., marmonna-t-il, mais ne chantez pas victoire trop vite, il nous reste encore du pain sur la planche.

– Quel rabat-joie...

Désignant la brouette :

– Merci quand même de venir m'aider.

– De rien. C'est tout naturel. Quelle tête de mule vous faites! Vous seriez prête à vous tuer au travail pour me prouver que j'ai tort..., observa-t-il en regardant la montagne.

– Cessez donc de vous lamenter et de jouer les martyres! Je ne viens pas vous envahir.

– Il semblerait que si.

– N'aimez-vous donc pas les femmes, professeur? demanda-t-elle à brûle-pourpoint.

– Évidemment. Quelle question...

– Alors, de quoi vous plaignez-vous? Ne suis-je pas une femme, et une collaboratrice efficace? Que vous faut-il de plus?

– Tout le reste.

Vaste programme. On sait comment ça se termine, quand on agit sur un coup de tête. La précipitation est bien mauvaise conseillère, et Chris n'était pas du genre à tomber dans les bras du premier venu, fût-il l'énigmatique et non moins séduisant Pr Lange junior. Nounours était bien gentil, mais elle n'avait pas encore envie de le mettre au lit.

– Allons manger. Je meurs de faim, et j'ai besoin de me... rafraîchir.

Elle lui jeta un coup d'œil soupçonneux.

– Ne trouvez-vous pas qu'il fait chaud? insista-t-il.

Son sourire ôta toute ambiguïté à ses propos. Il la taquinait, il jouait avec ses nerfs pour voir ses réactions. Elle prit la fuite.

— Je passerai volontiers à table, dit-elle en se mettant en route.

Joshua lui emboîta le pas.

— Vous devez quand même être sur les genoux, observa-t-il.

— Après un bon repas, je ne m'en ressentirai plus.

— Êtes-vous toujours aussi résolue?

— Oui, répondit-elle en riant, c'est un trait de mon caractère. Cela m'a été bien utile quand j'ai décidé, à vingt-sept ans, de reprendre mes études.

Il ouvrit la porte.

— Pourquoi êtes-vous retournée à l'université?

— Après la mort de mon mari, je me suis retrouvée avec mon petit salaire d'institutrice, sans véritable perspective de carrière. J'ai donc quitté l'Arizona pour préparer une maîtrise et un doctorat de zoologie à l'université du Nouveau-Mexique.

— Cela n'a pas dû être facile de vous retrouver seule, observa-t-il gravement.

— C'est vrai... Mais vous semblez connaître la question...

— Je suis divorcé, répondit-il, laconique.

Chris n'insista point.

— Quel est le programme de cet après-midi? demanda-t-elle pour détendre l'atmosphère.

— D'abord, nous allons prendre une douche, tous les deux. Ensuite, nous irons faire un tour à l'université. Il faut que je vous explique le travail là-bas. Après, vous aurez quartier libre.

— ... et je pourrai passer la nuit à bûcher mon examen!

— Vous n'en préparez qu'un?

— Oui. J'ai déjà soutenu ma thèse. Il ne me reste plus qu'une ultime épreuve à passer.

Elle s'éclaircit la voix.

— Il va falloir que je m'organise. Si je comprends bien, ici même, je ferai surtout du ménage et des travaux d'entretien.

Il secoua la tête.

— Pas uniquement. Vous m'aiderez à m'occuper des bêtes, une fois que vous les connaîtrez. Je compte aussi sur vous pour me donner un coup de main dans mes recherches : je suis en train de rédiger un rapport de trois cents pages, et j'ai besoin de réunir le maximum d'informations.

Il poursuivit :

— Vous serez moins bousculée au bureau. Il vous faudra surtout corriger des copies et arranger les rendez-vous avec les étudiants qui désirent me voir.

— Cela ne devrait pas me poser de problèmes. J'ai déjà été secrétaire d'un professeur, l'année de ma maîtrise.

— J'admire votre aplomb...

— Je sais seulement ce dont je suis capable, et aussi qu'avec de la bonne volonté on arrive à tout, répliqua-t-elle, agacée.

— Je n'en disconviens pas. Il nous reste encore quelques points de détail à régler, comme la question des transports. Étant donné l'état de la route, surtout quand il a plu, il est exclu de se déplacer autrement qu'en 4 × 4. Ma vieille camionnette ne tiendrait pas le coup. Cela suppose que nous nous retrouvions le soir après les cours et que nous rentrions ensemble. A condition, bien entendu, que vous ayez toujours envie de rester.

– Faites-vous une raison, professeur : je n'ai aucunement l'intention de m'en aller.

– Pour l'instant, je vous garde à l'essai, coupa-t-il sèchement.

Il se radoucit :

– Évidemment, si vous mettez toujours autant de cœur à l'ouvrage, il est possible que je sois amené à changer d'avis à votre sujet, ajouta-t-il à contrecœur.

– J'y compte bien, figurez-vous!

Il la laissa obligeamment se laver la première, non sans lui recommander de ne point s'attarder sous la douche.

– Je déteste l'eau froide, expliqua-t-il.

– Je ferai attention à ne pas vider le ballon, c'est promis, répondit-elle, nonobstant le vieil adage selon lequel une douche à deux, c'est bien moins cher et c'est bien plus drôle.

Elle ressortit très vite du cabinet de toilette, toute fraîche et pimpante... et resta pétrifiée.

Là, au milieu de la pièce, oreilles dressées et langue pendante, un énorme loup assis sur son train arrière la fixait! L'animal ne semblait point hostile, et plutôt bien nourri, mais sait-on jamais... Terrifiée, elle recula jusqu'à la porte.

Survint alors Joshua. Elle poussa un ouf de soulagement.

– Tiens, regardez-moi qui est là!

Il posa un genou à terre et caressa l'animal.

– Chris, je vous présente Wolf. Comment le trouvez-vous ?

Ne doutant point une seconde qu'il ait cherché ainsi à l'effrayer et la mettre une fois de plus à l'épreuve, la rage au cœur, mais le sourire aux lèvres, elle répondit simplement :

– Il est magnifique. Dommage que vous ne m'ayez pas annoncé sa visite. J'ai manqué défaillir en le voyant.

Pour clore l'incident, elle flatta l'encolure de l'animal, qui battit de la queue en gémissant de contentement.

– Je ne pensais pas vous voir sortir si vite du cabinet de toilette. Ma femme, autrefois, y passait des journées entières, expliqua-t-il pour se disculper.

Quand Madame s'enferme, Monsieur commence à boire, au lieu de casser la porte.

Elle hocha la tête.

– N'allez surtout pas croire que j'ai voulu vous faire peur. Ce serait ignoble ; jamais je ne recourrais à de tels procédés.

Pourtant, elle avait bien vu le loup.

– Admettons. Je suis de toute façon incapable de mentir ou de déguiser mes émotions, avoua-t-elle, avec une candeur désarmante.

– On dirait...

Il s'assit et l'étudia attentivement. Très émue, elle rougit et se releva.

– Il faut que je range mes affaires.

– Je vais en profiter pour prendre ma douche. Je ne serai pas long.

Il considéra l'ami Wolf.

– Je vais quand même le reconduire dans son enclos. Vous ne le connaissez pas encore assez pour rester seule avec lui et, de mon côté, je préfère ne pas le prendre avec moi dans le cabinet de toilette, car il va encore me dérober ma serviette.

Imaginez : le Pr Lange, nu comme un ver, en train de courir après un loup qui lui a volé sa serviette ! Oh ! vision délectable ! Chris s'en pourléchait les babines.

– Il n'a pas l'air bien méchant. Pourquoi le chasser ? Nous pourrions lier connaissance, tous les deux, suggéra-t-elle innocemment.

– Non, dit-il au bout d'un instant de réflexion, il a peut-être l'air paisible comme ça, mais ça n'en reste pas moins un loup.

– Vous avez raison.

Ils se mirent en route une demi-heure plus tard.

– Nous allons prendre le 4 × 4. Je n'ai pas confiance dans ma camionnette, annonça Joshua, qui avait tendance à se répéter.

Chris sortit les clés de son sac.

– Me laisserez-vous conduire ?

– Une autre fois. Vous ne connaissez pas suffisamment la route. Avec la pluie de cette nuit, il va falloir faire très attention à ne pas s'enliser ou à ne pas heurter une pierre.

C'est donc lui qui s'installa aux commandes. Chris s'assit à côté et posa sa veste sur la banquette arrière. Son attention se porta naturellement sur ce cher professeur. Conservant un silence prudent, elle nota une foule de petits détails, comme sa montre, qu'il portait au revers du poignet, sa façon énergique de passer les vitesses, le duvet noir qui ombrait sa peau mate...

— Demain soir, je viendrai vous chercher au bureau et nous rentrerons ensemble, déclara-t-il.

Chris, qui tentait de garder la tête froide, fixait la route. Le spectacle n'était guère plus rassurant : le véhicule zigzaguait sur une chaussée glissante semée d'ornières. Joshua conduisait vite, beaucoup trop vite à son gré...

Elle tenta de le raisonner, mais il repoussa ses conseils de prudence avec cette morgue et cette suffisance qui le caractérisaient. Elle insista. Des éboulis jonchaient la route.

— Attention aux grosses pierres, là-bas! Vous risquez d'éclater un pneu! s'écria-t-elle subitement.

— Ne vous inquiétez pas. Nous allons passer au-dessus, voilà tout.

L'obstacle se rapprochait dangereusement. Joshua ralentit.

— Il faut peut-être mieux quand même les contourner.

Il freina, donna un coup de volant et contrebraqua, évitant de justesse l'accident. Le véhicule chassa alors dans le fossé. Il parvint néanmoins à le maintenir sur ses roues, puis à l'immobiliser au pied du talus. Fin de la leçon de conduite.

— Si seulement vous m'aviez écoutée! Je vous avais pourtant bien dit de faire attention.

— Ça alors! Si au contraire vous n'aviez rien dit, nous n'en serions pas là! protesta-t-il.

Il remit le contact et appuya progressivement

sur l'accélérateur. Le moteur rugit, les roues pati-
nèrent, mais la voiture ne bougea pas d'un pouce.

– Pourquoi ne pas se servir du...

– Ah! non, je vous en prie, épargnez-moi vos
conseils. Il y a déjà assez de dégâts comme ça!

Il réitéra sa tentative, mais en dépit de tous ses
efforts, la voiture refusait obstinément de bouger.
Le 4 × 4 qu'il se flattait de conduire de main de
maître était tout bêtement embourbé dans la
glaise.

Découragé, Joshua partit s'asseoir sur un
rocher. Monsieur était vexé, il boudait. Chris jubilait, ravie de le voir en rabattre un peu, et tentée
également d'aller le consoler, le pauvre chéri...

– Me permettez-vous d'essayer quelque chose?
demanda-t-elle timidement.

– Allez-y, fit-il avec un geste las.

Évidemment, il n'imaginait pas une seconde
qu'elle puisse réussir là où il avait si lamentable-
ment échoué. Il allait voir. Chris allait lui donner
sur-le-champ une nouvelle preuve de sa débrouil-
lardise. Son honneur de femme était en jeu.

Laissant tourner le moteur au point mort, elle
brancha le treuil électrique fixé à l'avant. Le câble
se dévida lentement. Elle s'en saisit et l'accrocha
alors à un gros arbre.

Joshua, qui de son promontoire suivait l'opéra-
tion, s'approcha enfin.

– Que je suis bête! J'avais complètement oublié
le treuil. Il faut dire que je ne m'en suis jamais
servi...

– Moi, par contre, j'ai l'habitude. Mes parents
m'emmenaient souvent en balade, et...

– Et chaque fois, à cause de vous, ils se retrouvaient dans le fossé! railla-t-il.

Chris le foudroya du regard. Quand elle inversa ensuite la mannette, le câble se rembobina, tirant le véhicule hors de l'ornière.

– Montez! Ce sera plus facile si nous passons la première, dit-il en grimpant au volant.

Deux minutes plus tard, le 4 × 4 était garé en sécurité au bord de la route. Joshua descendit constater les dégâts. Ils s'en sortaient avec plus de peur que de mal. Hormis quelques éraflures, la voiture était intacte.

Chris triomphait.

– Et voilà, conclut-elle, le tour est joué!

– Ne vous réjouissez pas trop tôt. Il nous reste encore une trentaine de kilomètres, et le plus dur est à venir, maugréa-t-il.

Ils remirent le câble en place. Au moment de partir, Joshua lui tendit les clés.

– A vous l'honneur. Puisque vous êtes si dégourdie...

– Vraiment? minauda-t-elle.

Il ouvrit sa portière.

– Cessez de vous rengorger, je vous en prie.

# 3

SES nouvelles fonctions lui allaient comme un gant. Au bout de deux jours à peine, Chris était déjà rodée, et tout serait allé pour le mieux si Joshua Lange s'était enfin décidé à la prendre au sérieux. Hélas, il la traitait toujours comme quantité négligeable, et il ne ratait pas une occasion de le lui faire sentir. Apparemment, la leçon de l'autre jour n'avait pas suffi.

L'après-midi tirait à sa fin. Chris corrigeait des copies d'un œil distrait. Elle était bien trop surexcitée pour se concentrer! N'avait-elle pas vidé sa garde-robe et revêtu ses plus beaux atours pour venir au bureau? Désormais, c'était décidé, elle prendrait soin de s'habiller et de se maquiller avant d'aller à l'université. Il était temps qu'elle songe à elle. Cela ne pouvait pas lui nuire, mais au contraire – qui sait? – lui attirer la sympathie de ces messieurs les professeurs, qui jusqu'alors ne l'avaient pas vue autrement qu'en jean, tee-shirt et grosses chaussures, et dont l'appui lui serait bien utile pour trouver ensuite un poste.

Entra Joshua, portant sa défroque habituelle : jean et chemisette.

— Comment se passent ces corrections ? demanda-t-il.

— Ça va. Je devrais avoir terminé ce soir.

— A-t-on cherché à me joindre ?

Quelle question ! Le téléphone n'avait pas arrêté de sonner de la journée. Consultant ses fiches, Chris énuméra les coups de fil :

— Janet vous demande de la contacter le plus vite possible. Carol vous invite à dîner samedi prochain, et Lisa pense avoir oublié une boucle d'oreille chez vous.

— Il n'y a qu'ici qu'on peut me contacter. Je n'ai que la radio, là-haut...

— Bien sûr.

Que Joshua Lange plaise aux femmes, quoi de plus normal ? Chris elle-même lui reconnaissait un charme fou. Mais elle était toutefois sidérée par le nombre de ses admiratrices, et sans doute aussi un peu jalouse.

— J'espère que ce n'est pas trop fastidieux, dit-il en passant dans la pièce voisine.

— Pas du tout.

Il revint peu après avec un grand cahier sur lequel elle devait reporter les notes.

— Quand dois-je vous le remettre ?

— Demain soir au plus tard... si ce n'est pas trop vous demander.

— Ce sera prêt, assura-t-elle.

Mais cela signifiait qu'elle passerait la nuit au bureau : la pile de copies, sur sa table, était à peine entamée.

— Je vais bien sûr vous donner un coup de main. Mes cours sont terminés, et j'ai tout mon temps, déclara-t-il.

Une brune épicée aux charmes généreux fit son entrée, radieuse et conquérante.

— Bonjour, professeur! Vous n'avez pas oublié la réunion, au moins?

Il se renfrogna.

— Ça m'était complètement sorti de l'esprit.

Il se tourna vers Chris.

— Chris, je vous présente Marta Jenkins, distinguée botaniste.

Les deux femmes se serrèrent la main.

— Vous devez être la nouvelle assistante de Joshua, je présume, dit la nouvelle venue avec un sourire venimeux.

Elle détailla sa rivale.

— Je ne comprends pas comment vous faites pour supporter ces horribles bêtes. A votre place, je serais morte de peur. Ne craignez-vous pas qu'il arrive un accident? demanda-t-elle, perfide.

— Elle n'a pas encore eu l'occasion de voir les loups. Chris est à l'essai, expliqua Joshua.

Marta hocha la tête.

— En tout cas, vous êtes plus courageuse que moi. Notre ami a beau faire tourner la tête de toutes les femmes qu'il rencontre, étant donné les circonstances, je vous cède volontiers ma place, déclara Marta.

— Ce n'est pas très facile, mais je compte bien m'en sortir, répondit Chris, un tantinet décontenancée.

Reprenant du poil de la bête, elle enchaîna :

– D'ailleurs, ça m'amuse de me changer pour venir en ville et de mener de front deux vies complètement différentes.

– Je crains hélas, ricana Marta, que le professeur ne soit totalement hermétique à ce genre de considérations...

– Voilà bien les femmes : il faut toujours qu'elles vous fassent la leçon et qu'elles essaient de vous changer, grogna le principal intéressé.

– J'aimerais seulement, répliqua Marta en riant, que pour une fois vous arriviez à l'heure.

Joshua se dérida. Il se leva.

– Je reviens dans un moment, dit-il à Chris. Désignant la pile de copies sur le bureau, il ajouta :

– Ne vous en faites pas : à deux, ça devrait aller vite.

Il sortit avec Marta.

– Je vous trouve particulièrement en beauté, aujourd'hui, l'entendit-elle dire dans le couloir.

Chris soupira et se remit courageusement au travail. Le téléphone sonnait sans arrêt : des dames, jeunes, et sans doute jolies, désiraient parler au Pr Lange, ce qui avait le don de l'agacer. Pire, voilà maintenant qu'elle recevait la visite d'une seconde admiratrice.

– Pourrais-je voir le Pr Lange ? demanda la jeune étudiante, une petite blonde au regard effronté.

Elle s'assit en face du bureau.

– Il assiste en ce moment à une réunion de professeurs. Que puis-je pour votre service ?

– Rien... Je passais juste dire bonjour... et aussi,

précisa-t-elle, pour faire votre connaissance. Tout le monde est un peu jaloux, vous savez. Nous aimerions tellement être à votre place! Est-il exact que c'est parce que vous avez pratiquement terminé votre doctorat qu'on vous a engagée?

— Oui.

— Quelle chance! J'aurais donné n'importe quoi pour passer trois mois à la montagne avec le Pr Lange.

— Ce n'est pas un travail de tout repos. Il faut savoir retrousser ses manches, répondit Chris.

— Sans doute. J'espère quand même que c'est bien sûr vos titres qui ont fait la différence; sinon, ce ne serait pas juste.

— Pour l'instant, je ne suis qu'à l'essai. Tout espoir n'est donc pas perdu. Si je ne donne pas satisfaction, on me remplacera, expliqua Chris avec un sourire conciliant.

— On trouverait sans doute que moi je suis trop jeune. Ah! si j'avais votre âge...

La mine de Chris s'allongea. A vingt-neuf ans, elle ne se trouvait pas si vieille, n'en déplaise à cette petite insolente.

— Le Pr Lange est une sorte de vedette, sur le campus. Il n'est pas marié, et toutes les femmes célibataires rêvent de sortir avec lui. C'est un homme intelligent, séduisant et aussi tellement simple! On sent un être sain de corps et d'esprit, habitué à vivre au grand air, et qui se soucie comme d'une guigne de convenances. J'adore sa façon de venir en cours en jean et chemisette. Ça change des autres enseignants en veste et cravate, déclara la jeune fille.

— Personnellement, je préfère les hommes élégants, rétorqua Chris sur un ton pincé.

Carol Riley fit la grimace.

— Moi pas.

Elle se releva.

— Il faut que j'y aille. Bonne chance dans votre travail, dit-elle en sortant.

— Merci.

La nouvelle de sa nomination au poste d'assistance de Joshua Lange avait déjà fait le tour de l'université et excité la jalousie de ses concurrentes malheureuses. En soi, c'était plutôt flatteur, hormis le fait que si d'aventure son essai ne s'avérait pas concluant, tout le monde serait aussitôt au courant.

— Ça n'est pas trop pénible? demanda Joshua en entrant dans la pièce.

Chris se redressa sur sa chaise.

— Absolument pas.

— Vous n'aviez pourtant pas l'air très enthousiaste.

Il n'est jamais très drôle de corriger des copies, mais lorsque l'on est noyé sous une avalanche de coups de fil, cela tient de la gageure. Constamment interrompue par la sonnerie du téléphone, Chris éprouvait toutes les peines du monde à se concentrer.

Telle était la cruelle vérité : ce gros ours mal léché avait un succès fou auprès des dames. A en juger par le nombre de ses admiratrices, c'était un véritable tombeur. Observant toutefois une prudente réserve, Chris s'abstint de la moindre remarque à ce sujet.

– A quoi pensiez-vous? demanda-t-il en emmenant la moitié des copies dans la pièce voisine.

– A la manière dont je vais m'organiser, répondit Chris.

Elle se leva et lui apporta la feuille sur laquelle elle avait reporté son emploi du temps.

– Vous venez ici du lundi au mercredi. De mon côté, j'ai un cours le lundi et le mercredi matin. Je passerai donc la journée entière de mardi au bureau, à corriger les copies et à répondre au téléphone, et le reste du temps je serai au Centre. Le soir, après le travail, j'étudierai un peu. Qu'en pensez-vous?

– Cela me paraît judicieux.

– Le plus dur, reprit-elle, ce sera de coordonner nos déplacements, puisque nous sommes obligés d'emprunter le 4 x 4.

– Il n'y a pas lieu de s'inquiéter à l'avance. Nous verrons ça au jour le jour, raisonna-t-il.

Il retroussa ses manches avant de s'atteler à sa corvée de correction. Chris l'observa en silence, admirative et secrètement troublée. Un jour, peut-être, il l'enlacerait, il l'embrasserait, et...

– Ne vous sentez pas obligé de m'aider. Je resterai ici le temps qu'il faudra, dit-elle en le suivant.

Son estomac gargouilla.

Il rit :

– Avez-vous déjeuné, à midi?

– Non. Je n'ai pas eu le temps. Le téléphone n'a pas arrêté de sonner, et avec toutes ces copies...

– Venez, nous allons prendre quelque chose à la cafétéria.

Il traversa la pièce.

— On n'y sert pas de la grande cuisine, mais c'est tout à fait convenable. Je meurs moi-même de faim, et il me tarde d'avaler un morceau, expliqua-t-il en ouvrant la porte.

— Il vaut mieux que je reste ici. Je voudrais terminer avant la nuit, objecta Chris.

Ses réticences étaient aisément compréhensibles. Son maigre budget était calculé au centime près, et elle ne pouvait se permettre de manger dehors, fût-ce à la cantine de l'université.

Il insista, Chris hésitait toujours. Mais comme elle avait l'estomac dans les talons et qu'elle ne voulait pas non plus éveiller ses soupçons, elle finit par accepter :

— D'accord. Je vais chercher mon sac.

Ils traversèrent le campus d'un pas vif. En raison de la différence de taille, elle avait du mal à le suivre.

— Marchez moins vite. Je ne peux pas courir, habillée comme ça. Je me suis changée, tout à l'heure.

— J'ai remarqué, dit-il en ralentissant.

Si elle s'attendait à un compliment, elle en fut pour ses frais. Ravalant sa déception, elle continua en silence jusqu'à la cafétéria. Dans la file d'attente, Joshua bavarda avec des étudiants, tandis que, de son côté, la jeune femme lorgnait tristement les plats sur le présentoir. Ses faibles moyens lui interdisaient de se montrer gourmande ou de faire la fine bouche. Elle se rabattit donc sur une salade verte arrosée d'une tasse de café.

Au moment de payer, Joshua s'interposa :

– Laissez, je vous invite.

– Non merci, je n'y tiens pas. J'aime autant ne rien vous devoir.

Il haussa les épaules.

– Comme vous voudrez.

Ils s'installèrent dans un coin. Joshua tiqua en voyant sa maigre pitance :

– Comment ! avec votre bel appétit, c'est tout ce que vous mangez ?

– Ça me suffit pour l'instant. Je me rattraperai ce soir, répondit-elle sèchement.

Il n'insista point.

– En partant, je vous montrerai où se trouvent les bâtiments administratifs. Vous serez amenée à y aller de temps à autre, expliqua-t-il.

Chris repoussa son assiette et s'essuya la bouche. Une question la démangeait, celle de sa paie. Elle ne savait toujours pas quand elle toucherait son premier chèque, ce qui l'angoissait. Mais elle hésitait : lui en parlerait-elle maintenant ou attendrait-elle une décision définitive de sa part ?

Joshua coupa court à ses réflexions. Il se leva et ramassa son sandwich.

– Allons-y. Les bureaux ferment à cinq heures, et je ne voudrais pas trouver porte close.

Les locaux administratifs étaient situés dans l'immeuble voisin. Pour aller plus vite, ils coupèrent à travers la pelouse. Trottinant à ses côtés, Chris admirait sa démarche souple et énergique, se manière de balancer légèrement les épaules à chaque pas. Joshua Lange n'était pas homme à perdre son temps — ni, par conséquent, à s'encombrer d'une femme chez lui et dans son travail. Il importait donc de le convaincre sans délai de son utilité.

Au bout d'un long couloir une porte était ouverte.

— Nous y voilà, dit Joshua.

Il l'invita à entrer et salua la dame d'âge mûr qui assurait la réception.

— Bonjour, Dorothy. Je vous présente Chris Lassiter, qui aimerait devenir ma nouvelle assistante.

Chris bondit :

— Erreur. Je suis très officiellement la nouvelle collaboratrice du Pr Lange, qu'il le veuille ou non.

Avec un sourire, elle ajouta :

— Il ne tardera pas à s'y faire...

Joshua se dérida.

— Mike est-il ici ? demanda-t-il.

— Non, il est sorti. Mais les papiers que vous cherchez sont sur son bureau. Servez-vous.

— Merci.

Il passa dans la pièce voisine. Chris en profita pour s'informer auprès de la secrétaire des formalités à accomplir pour être en règle avec les impôts et pouvoir ainsi ête payée en temps voulu. Joshua, hélas, n'avait encore pris aucune disposition à cet égard.

— Je ne suis pas riche, en ce moment, et j'ai besoin de toucher mon chèque rapidement. Si je vous apporte aujourd'hui les documents nécessaires, cela ira-t-il plus vite ?

– Je ne sais pas. Il faudra d'abord que le président les signe, puis que je les entre dans le système informatique. A votre place, je compterais environ deux ou trois semaines.

Revint Joshua, une liasse de papiers sous le bras.

– Allons corriger ces copies.

Ils saluèrent Dorothy et s'esquivèrent précipitamment. Une fois dehors, Joshua ralentit l'allure.

Il avait l'air soucieux et, pendant plusieurs minutes, il ne dit rien. Chris n'osa pas lui demander ce qui le préoccupait.

– Pourquoi ne m'avoir rien dit? demanda-t-il soudain.

– A quel sujet?

– Je vous ai entendue expliquer à Dorothy qu'il ne vous restait presque plus d'argent. Est-ce donc pour cette raison que vous n'avez commandé qu'une petite salade? J'aurais pu vous inviter. D'ailleur, je vous l'ai proposé...

– J'attends ma paie avec impatience, soit. Mais je ne suis tout de même pas dans une situation dramatique. En faisant attention, je peux encore tenir plusieurs semaines.

– Je vois bien que vous avez des soucis d'argent. Permettez-moi de vous en avancer un peu. Vous me rembourserez plus tard. Je ne vais pas laisser une jeune et jolie veuve dépérir sous mes yeux, ajouta-t-il avec un sourire gêné.

Il sortit son portefeuille.

– Je n'ai pas besoin que l'on me fasse la charité, professeur. Je ne risque pas de mourir de faim.

– Voyons, je n'ai pas l'intention de vous faire l'aumône...

Elle s'arrêta et le regarda bien en face :

– Mettons les choses au clair, professeur. Jusqu'alors, je me suis toujours débrouillée seule. Si j'étais vraiment à court d'argent, j'aurais pris un emploi temporaire payé à la semaine. Je suis parfaitement capable de subvenir à mes besoins, et je n'ai que faire de votre commisération. Contentez-vous de remplir les papiers nécessaires pour que je puisse toucher mon traitement sans délai. Même si je ne dois pas conserver ce poste, il est normal, n'est-ce pas, que je sois dédommagée pour mon travail.

Il demeura pensif un instant.

– Il ne s'agit pas de pitié, Chris, mais juste de vous aider à passer un cap difficile. Malheureusement, on ne peut rien vous dire. Vous êtes tellement susceptible...

Vexé, il se remit en marche.

Chris regretta aussitôt sa brutalité. Mais il s'agissait là d'un terrain sensible, et elle était très chatouilleuse sur les principes. Elle songea à tous ces gens qui avaient spontanément proposé de l'aider après la mort de Jake. Les indemnités versées par la compagnie d'assurances de son mari lui avaient tout juste permis d'éponger les dettes. Pourtant, jalouse de son indépendance, elle avait obstinément refusé toute aide extérieure, et elle avait surmonté seule cette passe difficile.

Joshua, évidemment, ne pouvait le deviner. Consciente de l'avoir blessé, elle se lança à sa poursuite.

– Attendez!

Il se retourna.

– Je suis navrée de vous avoir parlé sur ce ton. Vous êtes animé de bonnes intentions, je sais. Si vous tenez vraiment à m'aider, jugez-moi sans parti pris dans mon travail. Je suis certaine que vous conviendrez que je fais l'affaire, dit-elle.

Il hocha la tête et se remit en route.

– C'est étrange, répondit-il, il y a chez vous un mélange de douceur et de brutalité, un peu comme chez une petite fille qui veut jouer les grandes personnes? mais qui au fond meurt de peur.

– Qui sait? Vous avez peut-être raison... ou bien complètement tort, minauda-t-elle en pénétrant à sa suite dans le bureau.

– Pour l'instant, je m'interroge. Mais j'ai la ferme intention de connaître la réponse sous peu, dit-il en lui jetant un regard appuyé.

Chris avala difficilement sa salive. Jamais un homme ne l'avait troublée à ce point. D'où venait donc le secret de son charme irrésistible? Allait-elle à son tour succomber à l'attrait du beau Joshua Lange? Elle tenta de se raisonner et de penser à autre chose, sans grand succès. En désespoir de cause, elle se mit au travail, souvent le meilleur des remèdes.

Malgré les prévisions optimistes de Joshua, il leur fallut en tout quatre heures pour achever de corriger les copies. Chris était fourbue.

– Avons-nous vraiment fini? demanda-t-elle en se massant la nuque.

– Oui.

Joshua se leva et s'étira.

– Il est neuf heures et demie, dit-il en consultant sa montre.

Elle attrapa son sac.

– Dans ce cas, je rentre chez moi. Où dois-je vous retrouver, demain : ici, ou au Centre?

– Venez donc me voir là-haut. Mon père vous a ramené le 4 × 4 exprès. J'essaierai de vous le laisser, dans la mesure du possible, et de me servir de la camionnette. Espérons seulement qu'il ne pleuvra pas trop et que nous ne serons pas obligés de nous le partager tous les jours.

– C'est gentil, je vous remercie. Mes pneus ne sont pas en bon état.

Chris rangea son bureau, puis elle sortit son sac du tiroir.

– Bien, je vous quitte. A demain.

– Attendez!

Il se précipita.

– Vous ne devriez pas vous promener seule sur le campus en pleine nuit.

Elle sourit, flattée par ce brusque accès de galanterie, mais non moins décidée à conserver avec lui des relations strictement professionnelles.

– Ne vous inquiétez pas pour moi. D'ailleurs, je ne veux pas jouir d'un traitement de faveur sous prétexte que je suis une femme.

– Il ne s'agit pas de ça, mais de votre sécurité. Plusieurs personnes ont été agressées, ces derniers temps.

– Dans ce cas, je ne dis pas non..., soupira-t-elle, résignée.

Chris sortit la première. Elle l'entendit pouffer dans son dos.

– Qu'y a-t-il de si drôle?

– Vous.

– Merci. J'ai toujours aimé faire rire autour de moi, répliqua-t-elle sur un ton pincé.

Il s'esclaffa.

– Ne vous fâchez pas, voyons!

Croisant son regard, il enchaîna :

– Votre manière de réagir me rappelle la mienne avec mon père.

Bigre. La considérerait-il par hasard comme une enfant? Il n'avait pourtant que quelques années de plus qu'elle.

– Hum, je ne sais pas si je dois y voir un compliment. Mais expliquez-vous toujours.

– J'ai dû me battre pendant des années pour m'affirmer sur tous les plans, indépendamment de mon père. Cela n'a pas été facile. Je n'ai pas voulu qu'il m'aide pendant mes études, ni par la suite quand j'ai commencé à enseigner puis à entreprendre mes recherches. J'étais fier de ne rien devoir à personne, et tout à l'heure, j'ai reconnu une attitude similaire chez vous.

– Pourquoi avoir alors proposé de m'aider?

Elle tressaillit sous la caresse de son regard.

– Parce que j'en avais la possibilité. J'ai voulu tenter ma chance, répondit-il, ironique.

– J'ai compris soudain ce qu'ont dû ressentir les gens qui autrefois ont essayé de me venir en aide, enchaîna-t-il plus sérieusement.

– Je ne saisis toujours pas ce qui vous intéresse tant chez moi.

– Votre obstination, votre résolution inébranlable, le fait que vous ne renonciez jamais : voilà

54

ce que j'admire en vous. Même si vous ne devez pas rester longtemps à ce poste, j'aimerais que nous demeurions amis. Nous avons, semble-t-il, de nombreuses affinités.

Ils avaient maintenant rejoint la voiture. Chris sortit ses clés.

– Sur certains points, peut-être, répondit-elle prudemment.

Elle le regarda longuement. Il avait une bouche si tentante, des lèvres charnues et bien dessinées, des lèvres sensuelles, faites pour embrasser... Son imagination galopait. Palpitante, c'est à peine si elle l'entendit murmurer son nom au clair de lune.

Il captura son menton. Leurs regards se croisèrent, brûlant d'un même feu.

– Vous êtes ravissante..., souffla-t-il d'une voix rauque.

Doucement, il l'enlaça, et plus doucement encore il partit à la conquête de sa bouche qui s'offrait. Le désir les souda l'un à l'autre. Ils s'embrassèrent éperdument, tels deux naufragés du désert étanchant leur soif à l'eau d'une oasis.

Dans un sursaut de lucidité, Chris se détourna brusquement.

– Nous n'aurions jamais dû faire une chose pareille, articula-t-elle faiblement.

– Je ne suis qu'un homme, dit-il.

– Je suis votre assistante, répondit-elle, en s'asseyant au volant.

– La journée de travail est terminée, Chris. D'ailleurs, je n'oublie pas que vous n'êtes qu'à l'essai.

Il ferma la portière et plongea les mains dans ses poches.

— Vous vous débrouillez très bien au bureau et sur le terrain. Mais savez-vous également faire la cuisine?

— Je vous demande pardon?

— Une fois sur deux, c'est vous qui préparez les repas, lorsque nous serons au Centre. Cela fait partie de votre travail.

Il lui coula un sourire polisson et tourna les talons.

# 4

LA nuit, dit-on, porte conseil. En arrivant au Centre, le lendemain matin, Chris décida d'ignorer avec superbe l'incident de la veille au soir, et de n'y voir qu'une faiblesse passagère imputable à la fatigue. Pourquoi, d'ailleurs, y aurait-elle attaché une importance excessive ? Ce n'était pas la première fois qu'un homme l'embrassait. Ce baiser, si doux et si ardent fût-il, devait donc être ramené à de justes proportions.

Judicieuses résolutions, malheureusement irréalistes : car on n'efface pas à sa guise le souvenir d'un instant de délices et de passion...

La porte de la roulotte était ouverte. Chris frappa et s'annonça :

— Joshua ? Êtes-vous là ?

— Entrez. Je suis en train de fouiller dans mes papiers. Je suis à vous dans un instant, lança-t-il depuis le salon.

— Prenez votre temps.

Elle franchit le seuil et s'installa sur une chaise. Joshua la rejoignit peu après, amenant avec lui un volumineux paquet de dossiers.

– La partie la plus délicate de mon travail consiste à rassembler mes notes, puis à les mettre en forme, déclara-t-il avec un sourire nonchalant.

Il portait ce matin-là une tunique à col ouvert avec son jean habituel, plaqué sur des cuisses musclées... Prudemment, Chris détourna les yeux.

– Laissez-moi vous aider. Je suis là pour ça.

– Si vous commenciez par nous préparer un café ?

– Cela fait-il partie de mon examen de passage ? Devrai-je faire ensuite une démonstration de mes talents culinaires ?

– Exactement, dit-il en riant.

Le progrès libère la femme. Passablement irritée par cette nouvelle manifestation de « sexisme », Chris opta pour la solution de facilité : elle versa une cuillerée de café soluble dans chaque tasse et ajouta de l'eau bouillante. Moyennant quoi elle servit Monsieur.

– Tenez. Voilà pour vous remonter. Cela n'a pas été trop long, j'espère ?

– Vous voyez bien, gloussa-t-il, que je ne vous réserve pas les corvées les plus pénibles.

Elle haussa les épaules et s'assit. Joshua avait réparti les documents en trois piles à peu près égales : une pour les recherches antérieures, une autre pour les études en cours, la dernière concernant des données diverses.

– Je ne sais toujours pas de quoi il retourne exactement, observa Chris.

– Mon travail s'inscrit dans le cadre d'un programme visant à remettre en liberté dans leur milieu naturel les loups actuellement en captivité. On oublie trop souvent qu'un loup en bonne santé n'attaquera pour ainsi dire jamais l'homme. Il préférera s'enfuir s'il se sent menacé. Malheureusement, on se fait tellement d'idées fausses au sujet des loups qu'ils risquent de disparaître à brève échéance de la surface de la planète si l'on n'intervient pas. Il s'agit donc de mieux les connaître si l'on veut les réintroduire avec succès dans la nature, et d'abord résoudre toute une série d'énigmes, comme celles concernant leur reproduction : pourquoi, dans une meute, seuls s'accouplent le mâle dominant et sa femelle ? Qu'est-ce qui retient les autres ? Ont-ils peur du chef, ou bien doit-on rechercher l'explication du côté des phénormones, autrement dit des odeurs qu'ils sécrètent ?

Il se cala sur son siège et désigna les papiers amoncelés sur le bureau.

– C'est un problème sans fin. Chaque question en appelle une autre. Le travail à effectuer est gigantesque. Personnellement, je m'intéresse surtout à leur comportement sexuel.

Chris blêmit. La sexualité des loups ! Quelle idée ! Seul un esprit tordu peut s'intéresser à une chose pareille. Et quel programme, après l'entrée en matière de la veille au soir... Monsieur grognon était un gentil Nounours qui adorait les caresses et qui avait rodé à merveille son numéro de séduction. Le mâle dominant, en quelque sorte... Or, Chris avait mieux à faire que de devenir la femme du chef !

– Je croyais, excusez-moi, que vous étudiiez

leurs habitudes alimentaires, coupa-t-elle ingénument.

– Pas moi. Mon père. C'est lui, le nutritionniste, moi...

– Vous, c'est le sexologue!

Il la fusilla du regard.

– Ce n'est pas facile d'être le fils d'une célébrité, surtout si l'on œuvre dans la même spécialité. On ne cesse de me confondre avec lui. Pourtant, si nous sommes très liés, nous n'avons pratiquement rien en commun. Nos vies et nos manières de penser sont totalement différentes. Je ne prétends pas avoir raison, lui non plus, et c'est très bien comme ça.

– Je n'avais pas l'intention de vous blesser. J'imagine parfaitement qu'il soit malaisé de vivre dans l'ombre d'un savant de renom international. Ses travaux sur le lien entre les systèmes immunitaires des animaux et leurs besoins alimentaires a permis un bond en avant dans la prévention des cancers.

– Le plus dur a été de me faire admettre dans le milieu scientifique. On ne me prend pas toujours au sérieux. Il y a encore des gens pour s'imaginer que je me suis borné à suivre les traces de mon père, et que tout m'était acquis d'avance. C'est faux. Pour la bonne et simple raison que nous nous consacrons chacun à un domaine différent de la zoologie.

Elle regarda les centaines de feuilles entassées sur le bureau.

– La publication de vos travaux vous aidera à vous faire connaître et à obtenir des subventions auprès du secteur privé, c'est sûr. Mais qu'attendez-vous de moi, au juste? Dois-je vous assister dans vos recherches proprement dites, ou seulement vous aider à les mettre en forme et les taper à la machine?

– Je ne sais pas encore. Pour l'instant, vous vous contenterez de la partie rédaction et dactylographie.

– D'accord. Je suis prête.

Il s'esclaffa.

– J'en étais sûr!

– Par où dois-je commencer?

Joshua réfléchit puis se leva.

– Il faut d'abord que je vous présente aux animaux, puisque c'est d'eux qu'il s'agit avant tout.

En arrivant à proximité de l'enclos, Joshua lui prit la main. Chris se rebella.

– Ne vous inquiétez pas, sourit-il, je n'ai pas l'intention d'abuser de la situation. Je veux simplement que le chef de la meute vous renifle pendant que je vous tiens la main, de manière à ce qu'il nous associe tous les deux, expliqua-t-il.

Saugrenue, l'idée d'établir ainsi avec lui une connivence animale fondée sur la communauté des odeurs lui parut follement... amusante!

Et terriblement dangereuse. N'était-ce pas ainsi esquisser d'autres complicités et les dernières compromissions?

Il serra sa main.

– Êtes-vous prête?

– Oui, dit-elle, à demi rassurée seulement.

Leurs regards se croisèrent, ravivant instantanément le souvenir du baiser de la veille.

– Allons-y.

Il ouvrit la porte et pénétra avec elle dans la cage aux fauves.

– Dans ce coin-ci vivent les jeunes de la bande, expliqua-t-il.

– Combien sont-ils en tout, dans la meute?

– Dans le groupe, rectifia-t-il, soyons précis. Une meute désigne une bande de loups qui se sont assemblés spontanément dans la nature. Ici, c'est moi qui les ai choisis.

Chris regardait anxieusement de droite et de gauche, guettant l'instant où le premier loup se manifesterait. Vu de l'intérieur, l'enclos paraissait beaucoup plus vaste. Planté d'arbres et de buissons, il abritait çà et là des sortes de petites cabanes faites de pierres et de branchages, construites, au dire de Joshua, pour permettre aux animaux de s'abriter du vent pendant l'hiver.

– Des niches à loup, en quelque sorte, conclut-il plaisamment.

Elle grimaça un sourire.

– Ce sont des animaux timides, voyez-vous. A l'heure actuelle, ils vous observent avec défiance, expliqua-t-il.

Voilà au moins qui rétablissait l'équilibre et les mettait à égalité. Car de son côté, Chris n'en menait pas large, et n'eût été son honneur en jeu, elle serait partie en courant – à condition que ses jambes acceptent de la porter... Machinalement elle se serra contre son protecteur, le grand Joshua, dont la seule présence à son côté suffisait à lui redonner confiance. Lui seul pouvait lui demander de prendre de tels risques. Sans lui,

62

jamais elle ne se serait hasardée dans pareille aventure.

– Ça va? demanda-t-il en la considérant avec tendresse.

Quel homme!... Et quelle piètre compagne elle faisait! Aucun son ne s'échappa de sa bouche, qu'il s'agît de l'effet de la peur ou d'un émoi plus profond...

– C'est la frayeur qui vous paralyse? railla-t-il cruellement.

– Je préfère ne pas répondre.

– C'est bien ma veine! Tant pis, ça m'apprendra, soupira-t-il en regardant alentour, je croyais naïvement pouvoir vous rassurer.

– En tout cas, ce n'est pas la modestie qui vous étouffe! répliqua gaiement Chris, flattée par ce compliment involontaire.

Un bruit sur la gauche attira leur attention. Prudemment, un gros mâle à la robe grise s'approcha.

– Voilà Tonnerre, le grand chef ici, claironna Joshua.

Chris le regarda s'approcher sans enthousiasme excessif.

– A votre avis, comment nous voit-il?

– Comme des intrus.

Chris lui jeta un coup d'œil anxieux. Elle agrippa sa main. Joshua s'efforça de la rassurer:

– Ne craignez rien. Il ne vous fera pas de mal.

Elle ne demandait qu'à le croire. Seulement, de la théorie à la pratique, la différence est souvent considérable. Chris prenait en ce moment sa première leçon de zoologie pratique, et du coup elle regrettait de ne pas avoir étudié la littérature ou l'histoire de l'art, disciplines assurément inutiles et fastidieuses, mais aussi beaucoup moins périlleuses. Mais heureusement Joshua était là et, devant son calme olympien, elle en oublia presque sa frayeur. A lui tout seul, ce grand gaillard devait être capable d'affronter au moins dix loups à la fois, ce qui lui laissait largement le temps de se sauver. Un lâche soulagement éclaira son beau visage reconnaissant.

Pas pour longtemps. Le vilain profita cruellement de la situation pour l'effrayer un peu plus.

— D'ailleurs, ajouta-t-il sur le ton de la plaisanterie, si quelqu'un ici a envie de vous croquer, c'est moi.

Pire, le loup semblait animé de préoccupations voisines : visiblement mécontent, il décrivait de grands cercles autour d'eux, museau en avant et oreilles rabattues, prêt à bondir. Brrr...

— Il n'a pas l'air ravi de nous voir, observat-elle.

— Il ne fera rien, rassurez-vous. Il faut seulement qu'il s'habitue à nous.

L'animal s'immobilisa à quelques mètres d'eux, la tête rentrée dans le poitrail, l'œil mauvais, il les fixa de manière sinistre.

— Tout doux, mon beau, tout doux...

Joshua s'accroupit et tendit la main. La réaction de la bête ne se fit point attendre. Battant de la queue, il s'avança vers nos deux comparses. Joshua lui présenta alors Chris. La bête la renifla, sans manifester d'émotion particulière.

— Vous ne lui attrapez pas le museau pour

affirmer votre supériorité, comme ils font entre eux ? s'étonna-t-elle.

Il s'esclaffa.

– Non, quand même pas. Les loups comprennent parfaitement que je ne suis pas un des leurs. S'ils se montrent un peu trop remuants, je les immobilise contre le sol pendant quelques secondes, histoire de leur montrer qui est le plus fort. Il ne faut pas hésiter : avec eux, il y a toujours une part de bluff.

Chris songea qu'il existait décidément des similitudes frappantes entre la société des loups et celle des hommes.

Elle hocha la tête sans conviction.

Saisissant la gueule de Tonnerre, Joshua lui souffla alors dans les naseaux. Le loup, aussitôt, se colla à lui, et Joshua tomba sur son séant. Pendant quelques secondes, ils chahutèrent, tel un maître et son chien.

Deux autres pensionnaires s'annoncèrent. Le plus petit, un jeune mâle, jeta son dévolu sur Chris et s'approcha pour la renifler.

– Ça, c'est Éclair. Il est très gentil, même s'il se bagarre souvent avec Tonnerre pour prendre sa place.

Elle se pencha pour le caresser. La fourrure était étonnamment douce et soyeuse. Éclair battit de la queue de contentement. Encouragée par ce début prometteur, Chris posa un genou à terre.

– On dirait un gros berger allemand, dit-elle en riant.

– Faites tout de même attention à ce qu'il ne se montre pas trop turbulent. Vous pourriez avoir des surprises, prévint Joshua.

Redressé sur ses pattes arrière, le loup faisait le beau en sautillant comme un caniche.

— Mais non, répondit-elle en flattant l'encolure de l'animal, il me rappelle exactement mes chiens, autrefois, à la ferme.

Brusquement, Éclair l'attrapa et la tira par la manche. Elle tenta vainement de se dégager; la mâchoire de l'animal se referma sur son poignet tel un étau. Éclair se mit à la secouer de droite et de gauche, comme s'il voulait faire la course avec elle ou lui montrer quelque chose. Le tissu se déchira. En une fraction de seconde, le loup bondit sur elle et la projeta à terre. Haletant, il la contempla en gémissant et lui mouilla la joue de sa truffe.

Son sang se glaça dans ses veines. Épouvantée, Chris jeta un regard désespéré en direction de Joshua, qui intervint immédiatement. Il saisit le loup par le poitrail et le plaqua fermement contre le sol.

— Ça va? demanda-t-il doucement.

— Oui, répondit-elle, d'une voix chevrotante.

Elle se releva au milieu des fauves attroupés.

— Il ne voulait pas vous faire de mal, mais juste jouer, expliqua Joshua.

— Je... je ne m'attendais pas à une telle force de sa part, bredouilla-t-elle.

— C'est normal, vous n'avez pas l'habitude. D'ici peu, vous saurez comment agir en pareille circonstance, assura-t-il.

Il la prit par l'épaule.

— Allons boire un café, vous devez en avoir besoin. Ensuite, nous reviendrons voir nos amis.

Penaude, Chris baissait la tête. Sa première prise de contact avec les loups s'était soldée par un échec lamentable. Elle s'était ridiculisée, et il lui serait bien difficile, désormais, de convaincre Joshua de la garder comme assistante. Tous ses espoirs s'écroulaient. Honteuse de sa déconfiture, au bord des larmes, elle cheminait en silence, appuyée contre lui.

– Je suis navrée, dit-elle au bout d'un moment.

– Il n'y a pas de quoi. Vous avez commis l'erreur typique de considérer les loups comme des espèces de chiens. Ils leur ressemblent, certes, mais ils n'en appartiennent pas moins à une branche très différente des canidés. Qu'on le veuille ou non, ils restent d'abord des animaux sauvages, même s'ils sont nés en captivité. Leurs jeux sont infiniment plus brutaux. Ces bêtes-là ont une puissance et une énergie considérables. Il y a moyen, cependant, de les canaliser. Je vous montrerai comment, mais cela prend du temps.

– Je ne suis pas sûre d'être capable de dresser un loup, observa Chris.

– On ne dresse pas un loup, on le « conditionne ». Le dressage concerne les animaux domestiques, pas les bêtes sauvages. Celles-ci n'obéissent jamais qu'à un nombre d'ordres limité.

Blottie contre lui, son cœur cognant dans sa poitrine, Chris ne parvenait pas à se calmer.

Il la fit entrer à la cuisine et lui tendit une chaise.

Morose, la jeune femme s'accouda à la table pendant qu'il préparait le café. Mal remise de sa frayeur, écrasée par le chagrin et la déception, elle ne pouvait s'empêcher de le regarder. Il était fascinant. Quelle femme au monde pourrait demeurer insensible au charme viril du Pr Lange junior? Flegmatique, doté d'un solide sens de l'humour et d'un réalisme à toute épreuve, il inspirait spontanément confiance, ce grand diable d'homme. Auprès de lui, elle se sentait en parfaite sécurité, l'âme légère, le cœur en fête...

A quoi bon se leurrer? La partie était perdue. Il avait raison, elle était bien incapable de s'occuper de cette meute de carnassiers. Il allait donc lui falloir renoncer à ce poste, trouver sans délai un autre travail, et oublier Joshua Lange. Ils ne se reverraient plus, sinon à l'occasion, sur le campus, et encore...

Sans doute, au fond, cela valait-il mieux. Restait maintenant à lui annoncer sa démission. Chris voulait s'expliquer calmement avec lui, et partir sans drames, très vite.

Il s'assit et approcha sa chaise.

— Le café sera prêt dans une minute.

Elle demeura silencieuse, ruminant son échec et cherchant un biais pour lui faire part de sa décision.

— Il faut bien admettre, dit-il en prenant les devants, j'admire votre courage. Vous êtes entrée sans hésiter dans l'enclos. Chapeau! Sans le vouloir, vous m'avez donné une bonne leçon. Je ne me hasarderai plus, désormais, à juger les gens sur leur taille ou leur apparence.

Elle lui adressa un maigre sourire.

— Si, croyez-moi, vous m'avez beaucoup

impressionné. Vous ne vous démontez jamais, vous savez vous adapter à toutes les situations..., c'est rare.

La bouilloire siffla. Joshua se leva et revint peu après avec deux tasses fumantes.

– J'ai échoué sur toute la ligne, aujourd'hui. J'ai trop présumé de mes forces, et voilà le résultat. On aurait pourtant dit de jeunes chiens...

– Ce n'est pas faux. Comme eux à leur âge, ils sont tout fous et indisciplinés. Ne vous frappez pas pour ça, vous manquez seulement d'expérience. Bientôt, il n'y paraîtra plus. Si vous êtes capable de manier la pelle et de pousser des brouettes de gravier, vous devriez pouvoir vous imposer sans peine à une bande de loups.

– Comprenez-moi, reprit-elle d'une voix presque inaudible, sur le coup, j'ai cru que cet animal allait me tailler en pièces. Je n'ai jamais eu aussi peur de ma vie.

– Parce que vous ne le connaissez pas, c'est tout.

Elle releva la tête et noya son regard dans le sien.

– Vous aviez sans doute raison, Joshua. Lorsqu'il m'a renversée, je me suis retrouvée totalement désarmée.

– C'est justement ce qui vous a fait si peur. Une fois que vous serez familiarisée avec les loups, vous ne serez plus prise au dépourvu. Moi aussi, au début, j'ai commis des erreurs.

Nonobstant la justesse de son raisonnement, Chris n'imaginait plus retourner dans la cage aux fauves. Jamais elle n'aurait la force d'affronter de nouveau Éclair et ses congénères.

– Il faut que je vous explique, reprit Joshua. Les loups se saluent en se léchant et en se frottant le museau. Quand ils sont habitués à l'homme, ils accueillent leurs visiteurs de la même manière. Mais comme nous sommes plus grands qu'eux, ils sont obligés de sauter.

– Est-ce pour cela que vous vous êtes accroupi quand Tonnerre est arrivé? demanda-t-elle en essayant de reconstituer le puzzle.

– Tout juste, pour l'empêcher de bondir et de me renverser. Autre chose, mettez-vous toujours de côté, devant un loup, pour ne pas vous faire griffer et lécher le visage.

– Je comprends parfaitement, mais – elle regarda sa manche en loques – imaginons qu'il m'ait carrément attrapé le bras...

– Les loups mordillent toujours en jouant. Cela n'a rien d'agressif, au contraire. Le seul ennui étant que nous ne sommes pas comme eux protégés par une épaisse fourrure. Éclair voulait juste chahuter, sinon il ne se serait pas comporté ainsi. Les adultes sont beaucoup moins turbulents, vous verrez.

Malgré ces bonnes paroles, Chris ne semblait nullement disposée à répéter l'expérience. Joshua insista :

– Cela s'est bien passé, tout à l'heure, avec Wolf. Vous l'avez laissé calmement s'approcher, puis vous l'avez caressé.

De fait, le placide Wolf lui avait paru bien inoffensif.

– Je ne me suis pas affolée, certes, mais je ne me sentais pas non plus très à l'aise.

Elle réfléchit un instant. Sa fierté renaissante balaya ses appréhensions.

— Allons voir les autres. Comme ça je serai fixée.

— A la bonne heure!

Chris le suivit résolument à l'intérieur de l'enclos. Cette fois, elle prit soin de s'accroupir dès que se manifestèrent les loups. Éclair, enchanté de leur première rencontre, s'approcha aussitôt. Après lui avoir fait fête et copieusement léché le visage, il rejoignit brièvement ses congénères.

— Vous vous en êtes très bien tirée, commenta Joshua.

— Merci.

Elle se releva.

— Venez, je vais vous faire visiter, dit Joshua.

Flanqués d'Éclair qui folâtrait autour d'eux, ils entreprirent un tour complet du parc.

— Comme vous pouvez le constater, je me suis efforcé de reconstituer leur milieu naturel. C'est pourquoi je leur ai construit ces abris. Les loups ont besoin d'être seuls de temps en temps, et j'ai tenu à leur ménager un endroit où s'isoler, expliqua Joshua.

Surexcité, Éclair se campait à tout propos devant Chris pour faire le beau. Joshua et elle riaient aux éclats. Ils s'arrêtèrent un instant à l'ombre pour bavarder.

Le loup agitait la queue de plus belle en l'invitant du regard. Museau contre terre, il tendit le postérieur en signe de soumission. Chris comprit d'instinct.

– Regardez, c'est le moment d'en prendre de la graine. Il vous a choisie.

« Pour son petit déjeuner? » faillit-elle demander. N'allait-elle pas tout bonnement finir dans l'estomac de cet animal? Il la trouvait à son goût, en somme.

– Il a envie de jouer. Vous allez voir, il ne va pas tarder à vous sauter dessus. C'est le mouchoir qui pend de votre poche qui l'intéresse.

– Que dois-je faire?

– Vous écarter quand il bondira, puis lui faire face résolument. Il comprendra.

Chris exécuta scrupuleusement ses instructions, et tout se déroula comme prévu. Les formidables mâchoires se refermèrent sur le vide.

– Ça te surprend, hein? lança-t-elle, hilare.

Le loup recommença à se tortiller en la suivant du regard.

– C'est à moi de commencer, ce coup-ci, n'est-ce pas? demanda-t-elle.

– Rentrons. Ça suffit pour aujourd'hui, dit Joshua.

Il plongea les mains dans ses poches et sourit avec indulgence.

– Heureusement que j'étais là pour vous soutenir!

– Heureusement, répliqua-t-elle, que je suis têtue. Vous récoltez là une collaboratrice hors pair.

– Vous ne me paraissiez pas si sûre de vous, l'autre soir, maugréa-t-il.

Il se dirigea vers la sortie.

– J'aurais sans doute dû en profiter, soupira-t-il.

Ils regagnèrent la sortie. Éclair gambadait aux côtés de Chris. D'un seul coup, il lui saisit la main. Elle poussa un cri. Les crocs acérés de l'animal tracèrent une estafilade sur son poignet.

— Il faut le punir tout de suite, sinon il va recommencer. Attrapez-le par l'encolure et plaquez-le à terre, dit Joshua.

Le loup voulut s'enfuir, il se débattit furieusement, mais Chris tint bon.

— Parfait, commenta Joshua, continuez comme ça. Je n'interviendrai que s'il devient trop brutal. Le principal, c'est que vous lui teniez tête et que vous ayez le dessus.

S'ensuivit une mêlée confuse où Chris roula dans l'herbe avec le fauve et parvint, de haute lutte, à le maîtriser. Elle le cloua au sol en lui serrant la gorge.

— Ne le laissez pas se relever tout de suite!

Il avait une fois de plus raison. Quelques secondes plus tard, le loup admit sa défaite.

Chris se releva, triomphante.

— N'ai-je pas un peu exagéré?

Joshua partit d'un grand éclat de rire.

— Qu'est-ce qui vous amuse?

— Regardez-vous! Votre chemisier est déchiré, vous êtes hirsute et toute couverte de boue!

Il disait vrai. Sa manche droite ne tenait plus que par un fil, et ses cheveux en bataille lui retombaient sur le front.

— Je reste quand même décente, protesta-t-elle vertueusement.

Il rit de plus belle.

— Pour l'instant...

Elle lui jeta un œil noir. Éclair jappait en tirant la langue.

— Tenez, gloussa-t-il, voilà votre poche arrière.

La mine de Chris s'allongea. Machinalement, elle vérifia les dégâts. Hilare, Joshua n'en perdait pas une miette. Elle l'aurait giflé! Éclair lui tendit la patte. Elle le repoussa sans ménagements.

— Rentrons. Une fois que vous vous serez changée, nous fêterons l'événement, déclara Joshua.

Par malheur, Chris avait laissé tous ses vêtements chez elle. Bon prince, Joshua offrit de lui prêter une chemise et un jean. Elle se contenta de la chemise.

— Au moins, railla-t-il, vous ne serez pas à l'étroit dedans.

— Savez-vous que vous ressemblez étrangement à vos loups? répliqua-t-elle.

— Comment? Ne me dites pas que vous allez me sauter dessus pour me culbuter!

Pourquoi pas? L'idée était tentante. Oui, lui sauter à la gorge, lui arracher son pantalon, et serrer, serrer, jusqu'à ce qu'il crie et demande grâce! Puis le dévorer tout cru.

Plus tard. Chaque chose en son temps. Chris ne le connaissait pas encore assez, et il serait capable de lui en vouloir. Mais il ne perdait rien pour attendre. L'espoir fait vivre...

Haut les cœurs! Elle se drapa dans sa dignité :

— Quelle idée! Il n'y a que vous pour penser à des choses pareilles. Dites-moi, ne seriez-vous pas un peu obsédé?

— Moi? Pas du tout, voyons.

— Ah bon, je croyais... Enfin, grâce à moi, vous découvrez un aspect caché de votre personnalité.

– Je n'avais encore jamais envisagé les choses sous cet angle.

Elle se rengorgea.

– Je vais vous passer des vêtements. Vous me les rendrez demain, dit-il en lui tenant la porte.

– Merci.

C'était tout bête, mais Chris était surexcitée à l'idée de se couler dans les habits du monsieur. Motivé par de simples considérations pratiques, cet emprunt ne lui en apparaissait pas moins très osé, et bien compromettant.

Elle revint bientôt, vêtue de sa nouvelle défroque.

– Cette chemise vous va mieux qu'à moi, observa-t-il.

Elle rosit.

– Vous vous êtes très bien débrouillée, aujourd'hui, avec les loups.

– Ravie de vous l'entendre dire. Cela n'a pas été sans mal.

Pour fêter l'occasion, Joshua lui offrit le champagne. Ils trinquèrent.

– Buvons à ce jour heureux! dit Joshua en levant sa coupe.

– Vous vous êtes enfin décidé à reconnaître mes compétences, claironna Chris, triomphante.

Il étouffa un rire.

– Ne chantez pas victoire trop vite. Vous êtes une secrétaire, les loups ne vous effraient pas, mais savez-vous aussi raboter une planche et enfoncer un clou?

Morose, elle se renversa sur sa chaise.

# 5

— TENEZ, voilà mes notes.

Joshua lui tendit un gros carnet. S'y trouvaient réunies toutes ses observations concernant les loups, réparties en trois grands thèmes : de la naissance à l'âge adulte, la reproduction, le loup dans la force de l'âge. Il s'agissait pour Chris de les mettre en forme et de les taper à la machine.

Pour quelqu'un qui terminait justement une thèse de doctorat de zoologie, la tâche n'était pas insurmontable. Le hic étant que Joshua Lange, comme nombre de ses semblables, avait une écriture épouvantable.

— Vous n'êtes pas facile à lire. Comment vos étudiants font-ils pour déchiffrer vos annotations ?

— Pour eux, je m'applique, ou j'écris en script.

A sa décharge, il faut préciser que la moitié de ses notes avaient été prises à la lueur d'une lampe de poche, et le reste rédigé le soir après le travail, quand il tombait de fatigue.

— C'est presque illisible, je sais. Aussi, n'hésitez

pas à me demander tous les éclaircissements nécessaires, dit Joshua.

Chris se mit à l'ouvrage. Les heures passèrent, interminables. Courbée sur une vieille machine mécanique, Chris n'avançait guère. En trois heures, c'est à peine si elle retranscrivit quatre pages, sur un total de trois cent cinquante.

Avec un matériel adéquat, eelle irait beaucoup plus vite. Elle en fit la remarque à Joshua, lui suggérant du même coup d'emprunter un micro-ordinateur ou un appareil à traitement de texte à l'université.

Il ne fallait malheureusement pas y songer. L'installation électrique ne l'aurait pas supporté, toute consommation « excessive » risquant d'endommager le générateur.

Elle s'étonna que l'on se montrât si chiche avec lui. Avec un sourire résigné, Joshua expliqua qu'en effet de nombreux frais annexes étaient déjà à sa charge.

Il se leva pour se dégourdir les jambes et jeta un coup d'œil par la fenêtre. L'orage menaçait. Le tonnerre grondait derrière de gros nuages noirs. La forêt était étrangement silencieuse.

– Il ne va pas tarder à pleuvoir. Nous sommes rentrés à temps, observa-t-il.

Ce qui signifiait que la corvée de l'avant-veille serait à recommencer, songea-t-elle amèrement.

– J'en étais à l'histoire de Wolf. Avez-vous vraiment assisté à sa naissance et à celle de toute la portée? demanda-t-elle.

– Oui. Directement, ou par l'intermédiaire d'un appareil photo caché dans le terrier. Cela n'est toutefois possible que s'il fait beau. Autrement, je suis obligé de faire le guet moi-même, répondit-il.

Une lueur aveuglante éclaira la roulotte, suivie d'un gigantesque coup de tonnerre et du crépitement de la pluie sur le toit en zinc. La foudre était tombée tout près.

Joshua retourna à la fenêtre.

– J'adore ce genre de soirée.

– On se sent tellement isolé, surtout quand la tempête se lève. Tout ici paraît plus simple, la vie suit un rythme différent, en harmonie avec la nature et les éléments.

Dehors, les loups se mirent à hurler, leurs longues plaintes modulées ajoutant un frisson de mystère à l'ensemble.

– N'est-ce pas magnifique?

– Si.

Était-ce le vent qui s'était levé, l'air qui avait fraîchi, ou les lancinantes vocalises des loups, ou bien encore la présence de Joshua, énigmatique et rêveur, qui lui donnait la chair de poule?

Elle se frotta le bras.

– Vous avez foid?

– Pas vraiment. Je mettrai mon pull-over tout à l'heure.

Auprès de lui, Chris se sentait en sécurité, à l'abri des tracas et des misères de la vie. Elle en avait eu plus que son compte. Depuis la mort de Jake, la jeune femme avait dû se débrouiller seule, et sa ténacité lui avait valu des succès méritoires. Mais il lui fallait toujours se battre, elle était constamment sur la brèche, et elle souffrait inconsciemment d'un manque de tendresse et de

78

réconfort. Sa rencontre avec Joshua lui avait ouvert les yeux. Elle voyait désormais les choses sous un angle nouveau. En acceptant cet emploi, elle avait relevé un défi sans en mesurer réellement l'enjeu, et elle se retrouvait maintenant prise à son propre piège.

Des perspectives inédites, et follement excitantes, s'ouvraient devant elle, en la personne de ce grand diable de Joshua Lange.

Rétrospectivement, sa solitude l'effrayait.

Joshua, qui décidément tenait à célébrer dignement l'événement, posa sur la table deux verres de bourbon.

— Buvez lentement. Ça vous réchauffera. Vous l'avez bien mérité.

— Merci.

— Comme j'ai oublié de faire des courses, il faudra vous contenter d'un repas frugal. Vous avez le choix entre un sandwich au beurre de cacahuètes et un autre à la viande et au fromage.

Elle opta pour ce dernier, lasse de se nourrir de tartines au beurre de cacahuètes avalées sur le pouce, faute de moyens pour acheter autre chose.

Incapable de rester inactive, Chris confectionna elle-même les sandwiches pendant que Joshua sortait les condiments. L'averse redoublant d'intensité, il décida de donner à manger sans tarder aux loups, avant que la tempête se déchaîne.

Chris proposa aussitôt de l'accompagner. Il déclina son offre en riant :

— Non. C'est gentil, mais vous avez eu suffisamment d'émotions, aujourd'hui.

Il s'interrompit puis :

– Vous teniez vraiment à venir?

– Pour une fois, je m'abstiendrai, répondit-elle gaiement.

Joshua revint au bout de dix minutes, trempé de la tête aux pieds. Il ôta sa chemise et la jeta sur une chaise.

– Je ne voudrais pas tout mouiller. Auriez-vous la bonté d'aller me chercher une chemise et un pantalon?

Chris demeurait béate d'admiration, et toute frissonnante, devant ce torse noueux ruisselant de pluie.

– Allez-vous rester piquée là longtemps? la taquina-t-il.

La jeune femme détourna les yeux.

– Je reviens tout de suite.

Elle prit une serviette dans le cabinet de toilette puis elle partit chercher les vêtements dans la chambre. Une surprise l'attendait. Que vit-elle donc, en fouillant le placard? Un soutien-gorge, mais oui, un soutien-gorge accroché au milieu des ceintures! Et pas n'importe lequel. Ce genre de carapace était conçu pour abriter des charmes autrement plantureux que les siens. Il aimait donc les femmes bien en chair... Dommage. Enfin, tous les goûts sont dans la nature.

Elle revint auprès de Joshua, qui commençait à s'impatienter.

– Tenez.

Elle lui tendit sa serviette. Des gouttelettes cristallines perlaient sur sa peau mate. Elle aurait voulu les cueillir de la langue, l'une après l'autre, puis le déshabiller et le sécher, le sécher lentement, centimètre par centimètre, pour le réchauffer et oublier avec lui la nuit, l'orage, et les loups qui hurlaient...

– Hou! hou!

Elle sursauta.

– Vous rêvez?

– Voilà vos affaires...

Joshua ouvrit son pantalon. Elle écarquilla les yeux, et détourna la tête aussitôt. Moquant sa pudibonderie, il la convia à profiter de ce strip-tease improvisé, et peut-être fatal. Justement, Chris se savait impulsive. Elle risquait de faire comme tout à l'heure, quand elle avait vu le loup, et qu'elle s'était jetée sur lui pour l'étrangler!

Elle traita par le mépris cette audacieuse invite. Drapée dans sa dignité, elle passa vertueusement dans la pièce voisine.

– Dommage. Vous ratez quelque chose...

– Prétentieux!

– Mijaurée!

Elle attendit un peu.

– Êtes-vous présentable?

– Venez voir.

Il était incorrigible. Taquin, fantasque, apparemment très porté sur les plaisirs de la chair, Joshua n'avait pas son pareil pour semer le trouble dans son petit cœur de veuve esseulée.

En face de lui, elle se sentait une faim de loup!

Il s'installa sur le comptoir du bloc-cuisine et la toisa, goguenard.

– Les sandwiches sont sur la table, dit-elle en affectant un ton léger, ainsi que votre verre de bourbon. Je me suis permis de vous resservir, comme vous aviez l'air transi...

Elle fit le service.

– Voilà pour vous récompenser d'être sorti sous l'averse.

Il sourit.

– Ce n'est pas de refus.

Ils mangèrent en silence, elle assise sur sa chaise, lui perché sur son promontoire.

– Il va falloir que je m'en aille avant que la route ne soit impraticable.

– N'y comptez pas. Jamais le 4 x 4 ne tiendrait le coup.

Vu ses dispositions actuelles, la sagesse lui commandait de s'esquiver sans tarder. Sinon, elle ne répondait plus de rien!

– Non, il faut que je rentre.

– Si vous tenez vraiment à vous suicider...

L'œil coquin, il ajouta :

– Auriez-vous peur de moi, par hasard? Je m'amusais simplement à vous taquiner, et je vous promets de me conduire en vrai gentleman.

– Je ne me fais pas de souci à ce sujet, répondit-elle, redoutant bien plus ses propres réactions que les siennes.

Il fit une grimace drolatique.

Elle s'esclaffa.

– Vous êtes décidément un personnage des plus déroutants.

Pour se donner une contenance, elle débarrassa et fit la vaisselle.

– Voulez-vous continuer à travailler sur vos notes?

– Non. Je suis trop fatigué.

– Que faisiez-vous, dans pareil cas, avec votre ancien assistant?

– Nous jouions aux cartes.

– Parfait. Je suis votre partenaire.

Les chaises étaient terriblement inconfortables. Chris, qui avait déjà mal aux reins, proposa de s'installer par terre sur le sac de couchage présentement rangé dans un coin.

Joshua se rallia volontiers à cette suggestion. Il sourit.

– Qu'avez-vous en tête, au juste?

– J'ai l'intention de vous battre à plates coutures, mon cher, répliqua-t-elle du tac au tac.

– Nous verrons...

Il sortit un jeu de cartes d'un tiroir.

– Savez-vous jouer au poker?

– Évidemment.

– Alors, je suis sûr de gagner. Vous êtes bien incapable de bluffer, raisonna-t-il.

– Chiche!

Chris déroula le sac de couchage. Une boucle d'oreille glissa sur le plancher. Elle la ramassa.

– D'où cela vient-il?

Joshua s'en saisit et l'examina brièvement.

– Ce doit être à Wolf.

– Un loup qui porte des boucles d'oreilles! Enfin, soupira-t-elle, il vaut mieux entendre ça que d'être sourde.

Il ricana. Elle haussa les épaules. Il se moquait. Monsieur collectionnait les aventures galantes. Aucune femme ne lui résistait à cent lieues à la ronde. Jusqu'alors... Car le moment était venu de lui donner une leçon, et de punir son arrogance de séducteur professionnel.

Il posa la bouteille et les verres entre eux.

– A vous l'honneur de battre les cartes.

– Allez-y, je vous en prie. Je me contenterai de couper.

Fidèle à son habitude, Chris releva donc le nouveau défi que lui lançait Joshua. Elle souriait, mais le cœur n'y était pas. Elle aurait tellement aimé trouver un compagnon qui la traite en femme, et non comme une rivale...

Il distribua la première donne. Chris examina son jeu, brusquement incapable de se souvenir si un flush l'emportait sur une paire ou vice versa. Dans le doute, elle se défaussa et demanda trois nouvelles cartes, espérant améliorer ses chances.

– Cela n'a pas l'air fameux, dirait-on.

– Ne vous flattiez-vous pas de lire sur mon visage ? C'est le moment ou jamais, répliqua-t-elle avec un sourire moqueur.

Il pinça les lèvres.

– Le serveur en prend deux.

Il réfléchit un instant.

– J'ouvre les paris.

Ils jouaient des allumettes. La pile ne cessait de s'accroître.

– Vous devez posséder un jeu formidable, pour ne pas abandonner tout de suite... Cartes sur table !

Il abattit son jeu.

– J'ai une tierce. Qu'en dites-vous ?

– Et moi une quinte, bredouilla-t-elle, hésitante.

Elle dévoila son jeu. Il se pencha, incrédule.

– Ma parole, c'est vrai !

Chris se rengorgea.

84

– Je vous tiens, mon lascar!

– Pas si vite, ma jolie, la partie ne fait que commencer. Je vous aurai au tournant.

– Vous manquez totalement de modestie, professeur, pouffa-t-elle.

– Petite insolente! Vous me le paierez cher! clama-t-il, indigné.

Il lui décocha un clin d'œil. Elle montra les dents et porta son verre à ses lèvres.

– A votre santé, mon cher!

Elle fit la grimace et toussota :

– Ça brûle!...

– C'est du bourbon de qualité supérieure. Un cadeau de mon père, précisa-t-il, comme à regret.

Intriguée, Chris l'interrogea sur son air chagrin :

– Cela vous gêne-t-il de parler de lui? Vous vous crispez chaque fois qu'on évoque son nom.

– J'aime beaucoup mon père. Autrefois, c'était mon modèle. J'aurais donné n'importe quoi pour lui ressembler.

Il s'étira et se coucha sur le flanc.

– Mais avec le temps, reprit-il, sont apparues des divergences fondamentales entre nous. Nous avons des goûts et des opinions radicalement opposés.

Son père, expliqua-t-il, menait de front une brillante carrière scientifique et une vie mondaine intense. Toujours à l'affût de nouveaux acquis, il hantait les soirées et cultivait l'amitié des gens importants. Sa notoriété et son entregent aidant, il décrochait toutes les subventions qu'il voulait, ce qui était loin d'être le cas de son fils, qu'il aurait voulu faire profiter de ses relations.

85

Mais Joshua ne voulait pas en entendre parler. Par principe. Il était trop fier pour réussir avec l'aide de son père. Il voulait mériter son succès, et ne rien devoir à personne. En outre, il détestait les mondanités.

Chris s'étonna de tant de sauvagerie chez celui que la rumeur publique présentait comme un bourreau des cœurs.

Modeste, il affirma que l'on exagérait beaucoup le nombre de ses conquêtes féminines, et que c'était au fond pour se protéger qu'il vagabondait de l'une à l'autre, la multiplicité des aventures lui interdisant d'en privilégier aucune.

Encore un instable, narcissique et ingrat, commenta silencieusement Chris, qui savait ses classiques. C'est alors qu'il avoua une terrible déception sentimentale, quelques années plus tôt, dont il avait ensuite tiré la leçon, à savoir que l'amour n'est pas un sentiment, mais un passe-temps fort agréable dont le seul objectif est le plaisir.

— Voilà pourquoi, conclut-il, j'ai pour l'heure trois amies.

Par dépit amoureux, il sombrait dans la débauche!

Le cœur de Chris se serra. Une infinie tristesse l'envahit. Elle songea à la boucle, au soutien-gorge... Serait-elle jalouse? Il ne fallait pas rêver. Célibataire endurci à la suite d'un mariage raté, Joshua Lange s'aménageait des instants de délassement et c'est auprès des dames qu'il se consolait de sa solitude. Il était très très demandé...

Chris demeura un instant pensive.

— Vous êtes bien calme, soudain. Vous aurais-je choquée? s'inquiéta Joshua.

– Non. J'ai seulement l'impression que vous cherchez absolument à vous isoler, répondit-elle.

– Parce que j'habite ici? Jc m'y sens très bien, au contraire. J'adore la nature, la vie au grand air, et les animaux me sont indispensables. Ils ont tellement raison de se méfier de nous! On ne triche pas, chez eux, surtout pas chez les loups. Ils manifestent clairement leurs intentions par des comportements et des postures caractéristiques.

– Vous parlez comme quelqu'un qui a été profondément blessé, observa-t-elle étourdiment.

– Je ne suis pas à plaindre. Je mène exactement la vie qui me plaît. Pourriez-vous en dire autant?

– Pas encore, mais ça va venir, dit-elle gravement.

– D'ailleurs, reprit-il, agacé, je ne vis pas coupé du monde. En une heure de voiture, je suis en ville. Ne vous arrive-t-il pas de votre côté, d'être seule de temps en temps?

– Si, parfois...

Il lui prit tendrement la main et la regarda en silence. Sa paume était douce et chaude. Troublée, Chris ôta sa main. Cherchant une échappatoire, elle se leva et alla à la fenêtre.

– Il pleut toujours autant. Ça risque de durer toute la nuit.

– Je le crains.

– J'aurais dû amener mes livres. C'est le temps idéal pour étudier, fit-elle distraitement.

Joshua lui suggéra de regarder les ouvrages sur les loups, dont il possédait une bonne collection. Chris se rallia aussitôt à son idée. Les livres en question se trouvaient sur l'étagère du haut. Un titre attira son attention. Elle se hissa sur la pointe des pieds, tendit la main et, par mégarde, fit tomber un album souvenir. Les photos s'éparpillèrent sur le sol. Elle s'excusa et s'agenouilla pour les ramasser. Joshua lui donna un coup de main.

Il considéra un instant un cliché jauni par les ans. La dernière photo de sa mère, expliqua-t-il ; il venait d'avoir quinze ans. Elle devait être renversée par un chauffard quelques mois plus tard.

— Je suis navrée de remuer ces pénibles souvenirs, dit-elle.

— Bah, cela remonte à si loin, maintenant...

Chris, à son tour, eut un mouvement de surprise en apercevant une superbe brune en maillot de bain, genre mannequin, tout droit sortie d'un magazine.

— Elle est belle, n'est-ce pas ? dit-il.

— Oui.

— C'est très bien que vous ayez renversé cet album. Je constate que je peux maintenant le regarder d'un œil sec, sans regret ni haine, ni la moindre émotion. Je ne sais pas si vous saisissez...

Elle hocha la tête.

— Il m'arrive la même chose lorsque je tombe par hasard sur une photo de Jake. Ça ne me fait plus rien, même s'il m'a fallu du temps pour en arriver là.

— On finit toujours par oublier le passé. Il y a un an, je ne vous aurais pas tenu le même discours, remarqua Joshua.

— Tout ne s'efface pas. Restent les souvenirs. Mais peu à peu ils s'estompent.

Joshua abonda dans son sens. Il avait d'abord eu beaucoup de mal à admettre l'échec de son mariage.

– J'ait tout fait pour que ça marche, et ensuite je me suis senti floué. Finalement, c'est elle qui s'est trompée en m'épousant. Elle aurait voulu que je devienne célèbre. Elle me reprochait constamment mon manque d'ambition et mon comportement asocial. Il aurait fallu que je sorte, que je multiplie les contacts, que j'assiste à toutes les mondanités, bref, que j'agisse en parfait arriviste.

Il soupira et reprit :

– Meredith était fascinée par l'argent et le pouvoir. Elle rêvait d'un homme riche et connu qui lui assure une vie dorée. Je n'ai pas pu me résoudre à faire les concessions nécessaires. Je ne voulais pas me mépriser par la suite.

– Vous manque-t-elle encore ? demanda Chris, touchée par son chagrin.

– Parfois... Quoique non, ce n'est pas elle que je regrette, mais la présence d'une compagne.

– Je comprends. Je connais bien la solitude. Nous n'étions peut-être pas parfaitement assortis, Jake et moi, mais il régnait une profonde complicité entre nous. On est avec quelqu'un pour partager les peines, mais aussi les joies. Sinon, le bonheur se fane vite.

Joshua remit en place l'album de photos.

– Quel genre d'homme aimeriez-vous rencontrer ? demanda-t-il en retournant s'asseoir sur le duvet.

– L'oiseau rare, celui qui me donne tout ce

dont j'ai été privée, quelqu'un qui aime sortir, s'amuser, un homme sensible à ma féminité, pour lequel je me sentirais jeune, jolie, séduisante...

Elle sourit timidement :

– Vous devez me trouver idiote. Ça ne cadre pas tellement avec vos objectifs.

Il la couvait d'un regard si tendre...

– Si vous saviez comme vous êtes belle et séduisante, Chris, indépendamment de la manière dont vous êtes vêtue.

Sa voix était douce comme une caresse. Elle tressaillit ; le feu lui monta aux joues ; une étrange exaltation s'empara d'elle, le besoin urgent de se presser contre lui, qui seul pourrait lui apporter bonheur et réconfort...

– Vous n'avez pas dû bien me regarder, rétorqua-t-elle en considérant son curieux accoutrement.

– Je devine au contraire mille grâces exquises chez la femme la plus désirable.

Il s'avança. Saisie d'émotion, elle se laissa enlacer. Il captura son menton et lui vola un baiser.

D'instinct, elle se blottit contre ce corps ferme et musclé qui affolait ses sens.

Il l'étreignit fiévreusement.

– Chris..., souffla-t-il contre ses lèvres.

Effrayée, elle le repoussa.

– Il nous faut être raisonnables, Joshua. Nous ne sommes pas faits l'un pour l'autre, vous le savez bien. Il serait dommage de tout gâcher sur un coup de tête.

– Vous avez raison, dit-il en s'écartant.

Il s'appuya au bloc cuisine.

– Je tiens toutefois à préciser que je n'ai pas l'habitude de me confier, et que vous êtes la première à qui je parle aussi librement, ajouta-t-il avec une certaine emphase.

– Allons, professeur, je ne suis pas dupe. Vous devez raconter la même chose à toutes celles que vous rencontrez, répliqua-t-elle en s'asseyant sur une chaise.

Il protesta de son entière bonne foi, affirmant connaître beaucoup moins de femmes qu'elle ne l'imaginait, aucune d'ailleurs ne comptant vraiment à ses yeux – sinon elle...

– ... car je vous aime beaucoup, Chris. Oui, vous me touchez énormément...

Un silence lourd d'émotion ponctua sa déclaration. Chris fuyait son regard. La tension était presque insoutenable. Une passion dévorante ensauvageait son sang. Elle faillit se jeter dans ses bras, quitte à commettre l'irréparable.

Elle jugea plus prudent de battre en retraite et de se retirer dans ses quartiers.

– Je meurs de sommeil. A demain, dit-elle en accompagnant ses propos d'un bâillement théâtral.

– Faites de beaux rêves, murmura-t-il, bouleversé.

Il lui coula un sourire complice. Elle disparut derrière la cloison.

Surexcitée, taraudée par le désir, Chris resta des heures entières à guetter dans le noir les bruits qui venaient de la pièce d'à côté. Elle ne cessait de remuer, le drap était brûlant, l'air irrespirable, elle suffoquait. Joshua, Joshua... Que n'était-elle à l'heure actuelle dans ses bras, au lieu de se morfondre toute seule sur cette méchante couchette!

Mais aussi, par quel mystère avait-elle pu s'enticher à ce point d'un homme aussi différent de son idéal masculin? De quels charmes usait-il pour l'ensorceler? Succombait-elle à la magie de ses beaux yeux et à son numéro de gros ours sentimental, ou bien tout simplement aux vertus pernicieuses de l'alcool, qui lui faisaient perdre la tête et oublier toute retenue?

Le tonnerre grondait sur la montagne. L'air était chargé d'électricité. Joshua continuait à tourner en rond dans la salle, et Chris, derrière la cloison, à épier ses mouvements. Ni l'un ni l'autre ne ferma l'œil avant l'aube...

# 6

TROIS semaines s'écoulèrent, sans développement notable. Apparemment, l'incident était clos.
Mais ce n'était que partie remise, et le silence
actuel annonçait de nouveaux développements
dans un délai très proche. Le baiser de l'autre
nuit avait salué une évolution considérable de
leurs rapports, désormais fondés sur la confiance
mutuelle. Joshua avait fait le premier pas et parlé
de lui sans fausse pudeur ; trop contente de jouer
cartes sur table, seul moyen à ses yeux de dédra-
matiser la situation et d'établir une saine amitié
entre eux, Chris ne s'était pas non plus montrée
avare de confidences.

En procédant aux éclaircissements nécessaires,
elle comptait couper court à toute ambiguïté.
C'est exactement l'inverse qui se produisit,
chaque jour apportant son lot d'émotions secrètes
et de désirs inavouables.

Elle retranscrivait actuellement les notes de
Joshua traitant des rapports entre mâles et
femelles chez les loups. Fruits d'observations
patientes et minutieuses, ses travaux étaient un

modèle du genre. Tout était scrupuleusement consigné dans son gros carnet, jusqu'aux moindres détails ou anecdotes, parfois croustillantes.

Il prenait son temps et procédait avec méthode et rigueur. Montrait-il des talents analogues dans l'intimité? Savait-il se hâter lentement, et joindre l'ardeur à la tendresse en épuisant toutes les voluptés?

Trahie par son imagination, Chris se remit courageusement à l'ouvrage. Entra Joshua.

— Si vous n'arrivez pas à me lire, je suis à vous tout de suite.

Il venait de reboucher pour la énième fois les trous creusés sous le grillage par certains de ses pensionnaires épris de liberté. Il jeta un coup d'œil aux feuilles entassées sur le bureau.

— Je ne comprends pas comment vous faites pour rester enfermée ici des journées entières. Ne seriez-vous pas mieux dehors pour travailler?

— Non, je préfère être à l'intérieur.

— Comme vous voudrez. Moi, il me faut le grand air pour réfléchir.

Il lui tendit une vingtaine de feuillets.

— Voilà qui devrait vous occuper un moment. Où en êtes-vous, par ailleurs?

— J'ai presque terminé.

Le sentant désireux de connaître son avis, Chris ajouta :

— Au début, ça m'a paru assez décousu, et je craignais devoir tout remanier. Mais au fil des pages j'ai découvert au contraire une profonde cohérence et un texte remarquablement écrit, fourmillant d'observations inédites et précieuses; somme toute, un travail exceptionnel dont on va sans doute beaucoup parler.

— Cela vous étonne? demanda-t-il avec un sourire insidieux.

— Pas du tout. Je n'ai jamais douté de vos talents ni de vos compétences, professeur Lange. Telles que vous m'avez présenté les choses, je m'attendais à trouver des notes disparates et non un exposé suivi et soigneusement rédigé. Voilà qui me facilite grandement la tâche et devrait me permettre de finir beaucoup plus tôt que prévu.

— C'est l'un des avantages de la vie au grand air : on est moins sujet au stress, et on se concentre mieux sur son travail.

Il s'assit en bout de table pour la regarder.

— Vous sentez-vous toujours aussi isolée, auprès de moi et de mes loups?

— Non, je ne crois pas, répondit-elle en riant. D'ailleurs, je ne me suis pas posé la question. J'adore me réveiller le matin au chant des oiseaux, et les loups ont cessé de me faire peur; je les vois comme des amis maintenant.

Elle fit la grimace.

— Je n'aurais jamais cru que cela puisse arriver.

Il s'esclaffa.

— Je l'aurais parié! On s'attache vite à cet endroit.

Il ouvrit le réfrigérateur et se servit un verre de soda. Puis il annonça son intention de prendre une douche :

— En avez-vous encore pour longtemps? l'interrogea-t-il.

Il était presque quatre heures. Chris en avait pratiquement fini pour la journée, et il lui tardait de rentrer en ville avant la fermeture de la bibliothèque universitaire.

– Une dizaine de minutes, au plus, répondit-elle.

– Partez tout de suite, si vous avez des choses à faire. Il n'y a rien d'urgent, ici, assura Joshua.

– Je termine juste ce paragraphe et j'y vais.

Joshua paraissait fourbu. Il se dirigea vers le cabinet de toilette.

– Après ma douche, j'irai donner à manger aux animaux.

Il se massa la nuque.

– Ce travail de rédaction me donne la migraine. Je suis épuisé.

Chris regarda les feuillets noircis d'une écriture fine et serrée, et semés de ratures. Des paragraphes entiers avaient été rayés et totalement remaniés, ce qui confirmait amplement ses dires.

A le voir aussi fatigué, son cœur se serra. Chris résolut de lui donner un coup de main et de s'occuper des loups à sa place. Il avait bien mérité de se reposer! Pendant qu'il se lavait, elle remplit deux grands paniers de morceaux de viande fraîche sortie du réfrigérateur, qu'elle s'en alla aussitôt porter à leurs destinataires.

Depuis un mois, elle avait eu tout le temps de se familiariser avec les jeunes loups, qu'elle allait nourrir deux fois par jour. Éclair et Tonnerre lui faisaient fête, et leurs camarades l'accueillaient joyeusement, de sorte qu'elle ne prenait quasiment aucun risque en allant les voir sans prévenir Joshua.

Avec les adultes, c'était une autre paire de manches. Car jamais elle n'avait pénétré seule dans leur enclos. D'ailleurs, elle n'y était pas retournée depuis le lendemain de leur arrivée quand, bien à regret, elle avait dû suivre Joshua à l'intérieur. Pourtant, elle n'en avait plus peur, et elle n'imaginait pas qu'à l'inverse des autres ils puissent se montrer hostiles. Maintenant qu'elle avait surmonté sa frayeur initiale, Chris pensait que tous les loups se comportaient de la même manière.

La première étape se déroula sans incidents. Fidèle à son habitude, elle commença par appâter les animaux avec de fines tranches de viande réparties à distance respectable, de manière à prévenir d'éventuelles contestations, puis elle distribua à chacun sa ration.

Tout naturellement, elle se dirigea ensuite vers l'enclos des adultes, songeant que dès son retour en ville il lui faudrait se précipiter à la bibliothèque universitaire afin d'emprunter des ouvrages importants pour son examen. C'est donc dans la plus parfaite inconscience que Chris déverrouilla le cadenas puis entra.

Le chef de la meute vint à sa rencontre, nullement agressif, juste curieux. Sûre de son fait, Chris lui jeta un morceau de lard, qu'il engloutit en un clin d'œil.

C'est alors qu'elle remarqua sa compagne, manifestement jalouse, et même franchement menaçante. Elle s'approcha en grondant, toute hérissée, la queue en l'air...

Au moindre geste brusque de sa part, la louve

risquait de lui sauter dessus et de la tailler en pièces. Mais il lui fallait se débarrasser au plus vite de la viande sanguinolente entassée dans le baquet, qui chatouillait dangereusement l'odorat du carnassier et risquait de l'induire en une fâcheuse confusion. Comme il n'était pas question de rien jeter à terre, la jeune femme déposa avec précaution son chargement, puis lentement elle se dirigea vers la sortie.

Peine perdue. Dédaignant cette offrande, la louve la suivit en montrant les dents.

Sachant qu'il ne faut jamais tourner le dos à un animal en colère, surtout un loup, elle fit face. Bombant le torse, Chris Lassiter tança vertement la grosse méchante bête qui s'amusait à lui faire peur.

Loin de produire l'effet escompté, sa réaction attira au contraire les autres loups, qui bientôt l'encerclèrent.

Le péril se précisait. A moins de s'enfuir très vite, elle risquait fort de finir dans l'estomac de ces fauves, ravis sans doute d'améliorer leur ordinaire. Mais comment forcer le barrage? Ils la réduiraient en charpie avant qu'elle ait eu le temps de dire ouf. Allait-elle donc connaître cette fin ignominieuse et tragique, dévorée par une bande de loups sanguinaires, qui ne laisseraient derrière eux que des os épars et quelques touffes de cheveux?

Chris se vit perdue. A Dieu vat! Elle fit une courte prière et s'apprêta à livrer un baroud d'honneur : enroulant son blouson autour de son bras gauche, elle serra convulsivement ses clés dans sa main droite...

Le grand mâle se détacha, babines retroussées sur des crocs formidables. Stoïque, Chris Lassiter attendit l'assaut, puis la curée.

— Ne bougez pas! Surtout ne faites pas un geste! lança Joshua, accouru à la rescousse.

Il se redressa de tout son haut et s'avança résolument vers le chef de la meute en lui intimant du regard l'ordre de s'en aller. L'animal grogna un peu, puis il battit en retraite, imité par ses congénères.

Joshua la poussa vers la sortie.

— Quelle mouche vous a piquée? gronda-t-il.

Penaude, elle bredouilla de vagues excuses. Il grommela quelque chose.

Un mâle, plus téméraire ou plus gourmand que ses semblables, fit mine de les suivre. La riposte de Joshua fut immédiate. Saisissant l'animal au collet, il le plaqua violemment contre le sol et il l'immobilisa pendant quelques secondes. Sans le quitter des yeux, il revint auprès de Chris.

— Donnez-moi la main, et sortons d'ici.

Il n'eut pas besoin de le répéter. Chris se blottit frileusement contre son sauveteur et pressa l'allure.

— Marchez vite, mais ne courez pas. Je ne voudrais pas me retrouver nez à nez avec eux. Si toutefois ils attaquent, précipitez-vous vers la porte sans m'attendre.

— Je ne vais pas vous laisser seul ici!

— Que cherchez-vous encore à prouver? Faites ce que je vous dis, commanda-t-il, furieux.

— D'accord, bredouilla-t-elle.

— Parfait.

Joshua s'assura que la voie était libre.

– Vous me devez des explications, ma petite... si jamais nous nous en tirons vivants!

Chris se glissa la première hors de l'enclos, tremblante comme une feuille morte.

– J'ai bien cru ma dernière heure arrivée, dit-elle d'une voix chevrotante.

– Allez-vous me dire ce que signifie...?

– Je ne les croyais pas méchants...

– Vous avez failli vous faire tuer! C'est de la folie! Si je n'avais pas regardé par la fenêtre, vous seriez peut-être déjà morte! tonna-t-il.

– Je sais, j'aurais pu faire échouer des années de recherches, brédouilla-t-elle, honteuse.

– Quoi? Vous voulez rire! Il n'est pas question de mon travail! s'exclama-t-il en l'étreignant fiévreusement.

Une tornade se leva en elle. Elle perdit tout contrôle. Leurs bouches se cherchèrent et se trouvèrent avec violence. Tentatrice, elle se frotta à lui, guidant son corps contre le sien, avec une absolue conviction et une totale impudeur.

– Vous m'êtes si chère, Chris, si chère..., susurra-t-il.

Il appuya son front contre le sien.

– Il y a bien longtemps que je n'ai pas éprouvé autant d'affection pour une femme. Promettez-moi de ne plus jamais me causer de frayeur.

Il régnait un tel accent de sincérité dans sa voix, son regard était si tendre qu'elle en eut les larmes aux yeux. Cet humble aveu en disait plus long que mille déclarations enflammées, et il balaya ses dernières hésitations.

— Joshua, oh! Joshua..., murmura-t-elle en se blotissant contre lui.

Chris entrevit un bonheur merveilleux, fait d'amour, d'harmonie et de compréhension mutuelle. Leurs désaccords actuels lui parurent soudain secondaires, insignifiants, et amenés à se régler d'eux-mêmes. Tout serait si simple si l'on ne se posait pas tant de questions.

Il la repoussa.

— Rentrons. J'ai laissé le gaz allumé, bougonna-t-il.

Ce brusque revirement la laissa pantoise. Chris s'interrogea : qu'est-ce qui avait bien pu motiver cette saute d'humeur ? Elle n'avait rien dit ni rien fait, jusqu'à plus ample informé, qui soit de nature à le froisser.

Réflexion faite, elle ne vit là qu'un accès de timidité et une réaction de pudeur excessive : sans doute regrettait-il maintenant de s'être trahi plus tôt et se sentait-il gêné.

La bouilloire sifflait comme une locomotive.

— Que diriez-vous d'un Irish Coffee ? Nous avons besoin d'un petit remontant, vous et moi, proposa Joshua.

— Comme vous voudrez.

Elle brûlait de lui dire qu'elle comprenait, qu'elle partageait ses sentiments, qu'elle avait souhaité mille fois cet aveu, et qu'il y avait lieu de s'en réjouir et d'en tirer les conséquences.

— Pourriez-vous aller me chercher le dossier intitulé « sources ». Il contient la liste de tous les articles et ouvrages cités dans mon étude. Ça me permettra de travailler tout en préparant nos cocktails, dit-il.

Ce n'était évidemment qu'un prétexte pour couper court à une éventuelle discussion sur ce qui venait de se passer. Du moins est-ce ainsi que Chris l'interpréta.

A moins, bien sûr, qu'il n'ait pas pensé vraiment ce qu'il disait, tout à l'heure. Allez savoir, avec pareil animal !

— J'y vais, dit-elle.

Le dossier en question trônait sur la dernière étagère de la bibliothèque, hors de portée. Chris hésita à déplacer les documents empilés sur les deux chaises.

— Je ne veux pas semer le désordre dans vos papiers. Pourriez-vous me tenir un instant ?

Il tourna la tête.

— C'est vraiment là-haut ?

Elle opina.

— Dans ce cas, vous avez raison. Il vaut mieux ne toucher à rien, dit-il à contrecœur.

Il s'avança.

— Vous avez encore gagné.

Il se plaça derrière elle et la prit par la taille. Elle tressaillit et se cambra sous la douce pression de ses doigts.

— Êtes-vous prête ?

— Oui.

En un éclair, elle se retrouva propulsée à la hauteur désirée.

— Je vois un deuxième dossier marqué « sources ». Le voulez-vous aussi ?

— Prenez-le, pendant que vous y êtes.

Chris tenta vaille que vaille de rassembler le tout. Elle se tortilla vainement de droite et de gauche, menaçant à tout instant de lui glisser des mains. Il faillit d'ailleurs la lâcher, et il la rattrapa de justesse.

– Cessez donc de gigoter ou je vais finir par vous laisser tomber!

Il la tenait maintenant à bras-le-corps, paumes ouvertes sur la base de ses seins... Sensation délicieuse, et ô combien troublante!

– Patience, je n'en ai que pour quelques instants, répondit-elle.

Elle allait finalement s'emparer du dossier en question quand au dernier moment elle heurta par mégarde une pile de livres posés sur le bord de l'étagère.

– Attention! lança-t-elle, en s'efforçant de les maintenir en place.

– Je vous ai dit d'arrêter de vous débattre! Si vous continuez ainsi, je ne réponds plus de rien, s'alarma Joshua, qui sentait venir la catastrophe.

De fait, malgré tous ses efforts, Chris ne put empêcher les ouvrages entassés de glisser et de s'écraser deux mètres plus bas sur le tapis.

Joshua poussa un cri, et cette fois il lâcha prise pour de bon. Chris tenta de se raccrocher à l'étagère, déclenchant pour le coup une avalanche phénoménale. Une cinquantaine de volumes dégringolèrent à la suite, dont un énorme dictionnaire qui lui rebondit sur la tête. Sonnée, honteuse, elle se protégea de ses bras en attendant la fin du cataclysme.

– Ça va? demanda Joshua.

Il s'accroupit devant elle. Chris grimaça un sourire.

— Oui. A part quelques bosses, je m'en tire avec plus de peur que de mal. Et vous?

— C'est pareil.

Il se frotta le sommet du crâne.

— Nous l'avons quand même échappé belle, soupira-t-il.

— Vous avez bien failli vous faire assommer, observa Chris en se relevant.

Elle tourna la tête de droite et de gauche et laissa échapper une plainte.

— Il semblerait que je ne sois pas le seul... Ma parole, lança-t-il, vous êtes une vraie catastrophe ambulante!

Il s'approcha pour lui masser les épaules. Elle tressaillit. A travers la toile de coton, ses doigts imprimèrent à sa chair d'exquises brûlures.

— Vous pouvez parler...

Il la fit pivoter.

— Pourquoi tremblez-vous donc, quand je vous touche? demanda-t-il avec un sourire explicite.

Son regard luisant de désir lui donnait la chair de poule. Saisie d'émotion, Chris trouva juste la force d'articuler:

— Contentez-vous de me tenir...

Il l'emprisonna dans ses bras et la serra fiévreusement. Sa vue se troubla; chancelante, elle se blottit contre lui. Un émoi indescriptible salua l'éveil de ses sens. Un souffle brûlant balaya sa joue cramoisie, prélude au baiser furtif qu'il cueillit sur ses lèvres.

Il se redressa, le visage barré d'un sourire inquiétant.

— Et maintenant, que dois-je faire?

Comme s'il ne le savait pas! Palpitante, elle demeurait sans voix.

— Répondez-moi, Chris, je vous en prie, insista-t-il en haussant le ton.

— Je veux que vous m'embrassiez, dit-elle tout bas.

Il exauça cette tendre requête avec un empressement égal au sien. Un appétit furieux souda leurs bouches avides, déchaînant des ardeurs insoupçonnées. D'instinct, elle se frotta à lui, gémissante, une main sur sa cuisse...

— Vous ne vous contenterez pas de si peu, Chris. Dites-moi que j'ai raison, murmura-t-il comme elle s'abandonnait.

— Inutile de tricher, reprit-il. Si vous ne tenez pas à poursuivre, sortons prendre l'air.

— Non, bredouilla-t-elle, j'ai déjà trop attendu. Aimez-moi, Joshua...

Il lui prit la main, en baisa la paume, puis il la conduisit dans sa chambre. Au pied du lit, il l'embrassa passionnément. Refrénant son ardeur, il entreprit alors de la dévêtir, sans hâte ni brusquerie, avec le tact et la délicatesse d'un spécialiste des tendres effeuillages. Son chemisier d'abord, puis son soutien-gorge moururent sur le sol. Émerveillé, il contempla un instant les joyaux ainsi dénudés, avant que de palper et mordiller ses petits seins fermes et brûlants.

— Ne bouge pas...

A genoux, il lui ôta son pantalon, en égrenant caresses et longs baisers mouillés sur ses cuisses et ses jambes. Il engloutit son pied, taquina sa cheville, et remonta lentement pour la débarrasser

**105**

du dernier voile de tissu qui soustrayait ses grâces à son adoration. L'hommage de sa langue et de ses lèvres humides excitèrent des plaisirs insupportables en cet endroit, et puis cet autre, et là encore, et même ici...

Il se releva.

— Déshabille-moi, dit-il.

Dédaignant la chemise qu'il dut ôter lui-même, elle dégrafa sa ceinture, baissa son jean ; enfin elle s'agenouilla pour achever de le dénuder. Un désir impérieux animait son corps ferme et viril. Sans un mot, il la guida et devint la cible d'attentions généreuses, sublimes, et absorbantes...

Trêve de préliminaires ! Il la saisit, glissa une main ici, l'autre là, crocheta une jambe, plia l'autre comme elle s'arrimait à lui, et ils s'unirent.

L'amour sorcier est un grand inspirateur. Une frénésie sensuelle déchaîna leur imagination. Ils assouvirent leur passion avec rage et sauvagerie. Ballottée de la table à la chaise, basculée sur la couche, poussée contre le mur, Chris, haletante, succombait de ravissement sous le joug impétueux de son amour magnifique, qui lui fit partager toutes les voluptés et encore, encore, atteindre l'extase...

# 7

Posée à même le sol, la pile de copies s'élevait presque jusqu'au bureau. Plus de deux cents examens encore à corriger! Chris n'était pas au bout de ses peines.

Jamais, pourtant, elle ne s'était sentie aussi heureuse. Depuis l'autre nuit, passée avec Joshua, elle baignait dans l'euphorie. Joshua occupait toutes ses pensées, elle songeait constamment à lui, à sa manière de la regarder, à sa façon de l'aimer, au bonheur inespéré qu'il lui laissait entrevoir. Certes, le tableau n'était pas idyllique, et il subsistait encore des zones d'ombre. Mais à condition de faire chacun un minimum de concessions, les divergences devraient s'estomper.

La sonnerie du téléphone la tira de sa rêverie.

— Bureau du Pr Lange?

— Bonjour. Je suis l'autre professeur Lange, le premier de la série, si j'ose dire, lança, jovial, son correspondant.

Elle s'esclaffa.

— Enchantée, professeur. Que puis-je pour votre service?

L'illustre savant avait le sens de l'humour. C'était bon signe.

— J'aimerais dire un mot à Joshua, s'il est dans les parages.

— Il assiste en ce moment à une réunion de professeurs. Auriez-vous un numéro où il puisse vous joindre?

— Êtes-vous Chris Lassiter?

Les nouvelles vont vite... Elle sourit.

— En effet.

— Joshua m'a parlé de vous, l'autre jour. Il avait l'air en pleine forme. Apparemment, vous exercez sur lui une influence très bénéfique.

Chris se rengorgea.

— C'est quelqu'un d'exceptionnel.

— Je ne vous le fais pas dire. Il faudrait seulement que cela se sache, ce qui m'amène à la raison de ce coup de fil. Je suis actuellement retenu par un symposium dans le Minnesota, et l'on ne pourra pas me contacter avant dimanche soir. Toutefois, on doit me remettre la semaine prochaine les Palmes académiques à l'occasion de la parution de mon dernier ouvrage, *L'Alimentation des prédateurs*.

— Toutes mes félicitations, professeur! répondit-elle, subitement intimidée de converser avec une célébrité du monde scientifique.

— Merci. Pourriez-vous expliquer à Joshua que je compte sur sa présence à la réception officielle? Je serais vraiment désolé de ne pas le voir. Tâchez de le décider, Chris, et bien sûr, venez avec lui. Je meurs d'envie de faire votre connaissance.

– Je suis certaine qu'il ne voudra pas manquer une telle occasion. Dites-moi seulement où et quand nous devons vous retrouver...

– La cérémonie se déroulera dans les locaux de la présidence de l'université, à huit heures précises. Tenue de soirée de rigueur.

– Je suis très honorée de votre invitation, professeur.

– C'est la moindre des choses, Chris. Joshua lui-même aurait tenu à vous amener. Je lui coupe l'herbe sous le pied, en somme.

Après un temps mort, il reprit :

– N'allez surtout pas le lui répéter !

– Vous pouvez compter sur ma discrétion, professeur, répondit-elle en riant.

Chris bouillait d'excitation en raccrochant. L'illustre Lange venait de l'inviter en personne à une réception officielle donnée en son honneur !

C'est alors qu'elle se souvint de la répugnance de Joshua pour ce genre de manifestations. Elle avait répondu à sa place, sans lui demander son avis. Et s'il se froissait ? Réflexion faite, elle estima le risque minime et se félicita d'avoir agi ainsi. Il était impossible qu'il refuse ce plaisir à son père.

Un doute, pourtant, subsistait dans son esprit, et il lui tardait de le dissiper.

Joshua réapparut vers midi.

– Comment s'est passée ta matinée ? La mienne a été épouvantable. On nous a annoncé des restrictions budgétaires.

– Touchant le Centre ?

– Non, juste nos activités d'enseignants. Comme on n'engagera qu'un assistant à la rentrée, nous devrons tous assurer une dizaine d'heures de cours supplémentaires, soupira-t-il.

Il ôta sa veste et la posa sur une chaise.

– Je vais te donner un coup de main dans ces corrections. Y a-t-il eu du nouveau pendant mon absence?

– Ton père a appelé, dit-elle en le suivant dans son bureau, une pile de copies sous le bras.

Il s'affala dans son fauteuil.

– Quand lui as-tu parlé de moi? demanda-t-elle.

– Au début de la semaine. Je l'ai eu au téléphone, et j'ai mentionné ton nom en passant.

– Pourrais-tu être plus précis?

– Je lui ai dit que tu étais une femme lascive et débauchée chargée de me distraire et d'occuper mes loisirs, déclara-t-il, pince-sans-rire.

Chris s'alarma.

– Ne t'inquiète pas, dit-il en riant, je t'ai présentée comme une personne extraordinaire.

– Sous quel rapport?

– Devine... Je lui ai dit que tu étais une amoureuse insatiable.

– As-tu fini de te moquer de moi?

Il haussa les épaules.

– Je lui ai simplement dit que je t'aimais beaucoup – ce qui est vrai.

Comment l'entendait-il exactement? Un peu déçue qu'il n'ait pas prononcé le mot magique d'amour, Chris n'osa point lui demander d'expliciter.

– Que voulait mon père? s'enquit-il en relevant ses manches de chemise.

Chris alla droit au but, sans s'embarrasser de précautions oratoires.

— Il vient de recevoir les Palmes académiques pour son dernier ouvrage, et l'on donne samedi soir une réception en son honneur à l'université. Il compte sur ta présence.

Elle se racla la gorge.

— Je suis également invitée...

Calé dans son fauteuil, Joshua croisa les bras.

— Je crains fort que tu ne sois obligée d'y aller seule. Tu sais comme lui que j'ai horreur des mondanités.

Elle tenta de le raisonner. Il demeura inflexible.

— Tu ne le connais pas. C'est encore un prétexte pour me présenter à ses relations. J'ai beau m'évertuer à lui expliquer que cela ne m'intéresse pas, il s'obstine.

— Il avait l'air tellement heureux! Ne pourrais-tu, faire une exception, juste pour cette fois?

— Nous en avons discuté à maintes reprises, lui et moi. Il ne sera pas étonné de ne pas me voir, répliqua-t-il, agacé.

— Mais je me suis déjà engagée pour nous deux.

— Tu me représenteras là-bas, voilà tout. Car personnellement, je n'y mettrai pas les pieds, coupa-t-il.

— Allons, plaida-t-elle, je lui ai promis que tu y assisterais...

— Inutile d'insister, Chris, je ne reviens jamais sur une décision, trancha-t-il en sortant une copie de la pile posée sur le bureau.

Il ne servait à rien de lui tenir tête, sinon à le

braquer davantage. Chris décida d'attendre qu'il se calme pour aborder de nouveau le sujet. Nul doute qu'à la longue il finirait par se montrer raisonnable et qu'il accepterait de l'accompagner. Il était inconcevable qu'il puisse faire un tel affront à son père.

Quant à elle, la jeune femme n'était pas sans reproches. Elle avait commis une indélicatesse grave en répondant à sa place, et il lui faudrait s'excuser et promettre de ne plus recommencer. Car c'était surtout cela qui l'avait irrité, qu'une femme prenne la liberté de décider pour lui et empiète sur sa sacro-sainte indépendance. Réaction typique du mâle traumatisé... De la part de Chris il s'agissait d'une erreur grossière, impardonnable à son âge.

Elle retourna corriger ses copies. Au bout d'une heure, estimant qu'il s'était écoulé un laps de temps suffisant, la jeune femme poussa une reconnaissance dans la pièce voisine. Il sourit.

– Je n'aurais jamais dû agir comme je l'ai fait. Excuse-moi. J'espère que tu n'es pas trop fâché.

– Pas du tout. C'était juste un malentendu.

Elle surprit une immense tendresse dans son regard.

– Ces petits problèmes se régleront d'eux-mêmes au fur et à mesure, assura-t-il.

Il se leva et prit de l'argent dans le tiroir du bureau.

– Viens, je t'offre un verre, déclara-t-il, manière de dire qu'ils allaient se procurer une boisson fraîche au distributeur automatique installé dans le hall central.

Chris en conclut que l'incident était clos et qu'il voulait sceller ainsi leur réconciliation. Elle le suivit volontiers.

Ils s'installèrent dans une petite cour intérieure, près du vivier du département de Biologie, pour siroter leur soda.

— Je suis bien contente que tout soit arrangé entre nous, observa-t-elle.

— Avec un minimum de compréhension, on peut toujours s'entendre, philosopha-t-il.

— Tant mieux. Car je ne me voyais pas annoncer à ton père que tu refuses de venir.

— Et pourtant, je n'irai pas, répliqua-t-il en portant sa boisson à ses lèvres.

— Mais enfin... Je croyais au contraire que...

— Vas-y si ça te chante. Moi, je préfère rester à la maison, coupa-t-il avec humeur.

Furieux, il se vengea sur la boîte qu'il écrasa entre ses doigts.

— Voilà bien les femmes : il faut toujours qu'elles se mêlent de ce qui ne les regarde pas, et qu'on se plie à leurs caprices. Elles sont toutes les mêmes : dès qu'elles ont mis le grappin sur un homme, le malheureux n'a plus droit à la parole. S'il ne veut pas filer doux, il se fait alors incendier et traiter de noms d'oiseau. Tu me rappelles exactement Meredith : elle cherchait tout le temps à me manipuler et à me forcer la main, en alternant les sourires et les menaces. Ça ne prend plus. Je suis vacciné... Quand je pense, soupira-t-il, que je commençais à te faire confiance...

Blessée dans son honneur, Chris protesta de sa bonne foi et de la pureté de ses intentions. Il ricana :

– Ne te fatigue pas, je connais la chanson.

Le charme de ces dames est un curieux mélange d'inconstance et d'opiniâtreté. On ne sait jamais ce qu'elles pensent, mais elles savent très bien ce qu'elles veulent. Et ce que femme veut, Dieu le veut...

Inlassablement, Chris revint à la charge. Joshua demeura sourd aux arguments moraux. Désespérant de le culpabiliser, elle l'attaqua alors par le biais de la psychologie : c'est à la mode, et en général, ça marche. Il ne saurait exister de relation équilibrée, dit-elle, que si chacun y met du sien et fait de temps à autre des concessions. Son entêtement était une preuve d'immaturité affective ; inconsciemment, il se comportait comme un enfant gâté.

Son petit discours fit mouche : Joshua rougit et médita un instant.

– C'est vrai, dans un sens. Mais je ne crois pas que l'on puisse jamais changer : j'ai essayé une fois, et cela m'a conduit au désastre. Nous possédons chacun une personnalité originale, et nous sommes trop vieux maintenant pour nous bercer d'illusions et croire pouvoir nous transformer comme par enchantement, raisonna-t-il.

– Nous pourrions peut-être au moins essayer..., dit-elle étourdiment.

– Si tu y tiens absolument... Mais nous risquons l'un et l'autre d'y laisser des plumes. Il ne faudrait pas me le reprocher ensuite, si nos rapports se dégradent.

Les dés étaient jetés. Une nouvelle période transitoire s'ouvrait devant eux, au terme de laquelle on verrait si oui ou non ils formaient réellement un couple, et s'il ne s'agissait point seulement de la rencontre de deux épidermes.

Joshua ne faisait pas mystère de sa soif de liberté, et il avait souligné d'entrée de jeu les périls d'une telle aventure. C'était tout à son honneur de vouloir prévenir, au départ, les malentendus. Chris lui sut gré de sa franchise et de son honnêteté. La balle était dans son camp. Il lui restait désormais à négocier le virage avec doigté et diplomatie.

Perspective exaltante, sublime vocation où s'accomplit le destin de la femme : comment le coincer pour de bon?

Il existe toutes sortes de techniques. Chris n'avait que l'embarras du choix, et elle n'était pas inquiète à ce sujet. Restait encore à trouver la bonne.

Bah, zoologue dompteuse de loups, elle parviendrait bien à dresser Nounours...

— Tu sais que je n'ai pas l'habitude de renoncer, quand quelque chose, ou quelqu'un, me tient à cœur, clama-t-elle d'une voix vibrante.

Il fit un petit sourire.

— Il faut donc que je me dévoue pour t'accompagner, dit-il, l'air las.

— Tu es un amour!

Elle lui sauta au cou et lui déposa un baiser sonore sur la joue.

Il poussa un soupir résigné.

— Quel jour a lieu cette réception?

— Demain soir à huit heures.

— Alors, ne perdons pas de temps et finissons-en avec ces corrections. Je me prépare un drôle de week-end, entre les loups, mon père dans le rôle de vedette, et toi pour me faire la leçon, soupira-t-il.

– Cesse donc de te plaindre. Je suis sûre que tu vas bien t'amuser.

– On verra...

Chris n'aborda pas cette soirée sans appréhension. C'était en effet un cruel dilemme qui se posait à elle, désireuse de lui faire partager sa joie, sans pour autant l'obliger à mentir ni à jouer la comédie pour ses beaux yeux.

N'avait-elle pas déjà abusé de sa patience et de sa gentillesse en lui forçant peu ou prou la main ? De quel droit l'obliger à venir s'il n'en avait pas envie ? Pourtant, il n'existait pas, à sa connaissance, d'obstacles majeurs entre eux, ni rien chez lui qui lui déplaise vraiment. Non, s'il pêchait, c'était plutôt par défaut : elle s'attristait de le voir vivre en ermite au milieu de ses loups, coupé du monde.

Il avait besoin de sortir et de se changer les idées. A cet égard, cette réception, quoi qu'il en dise, ne pouvait mieux tomber.

D'autant que pour elle, c'était l'occasion unique de faire son entrée dans le monde et de réaliser ainsi un rêve d'enfance. Mesurant l'importance de l'événement, Chris avait décidé de s'habiller en conséquence. Ses modestes revenus ne l'autorisaient pas à posséder une garde-robe somptueuse. Elle ne disposait à vrai dire que d'une seule tenue élégante, composée d'une longue robe de bal en velours noir et d'un chemisier émeraude, la dernière mode à Albuquerque lui avait assuré Mario, l'Italien grassouillet qui lui avait vendu cette parure de reine. Elle ne l'avait jamais portée et craignait de paraître gauche et endimanchée, ainsi vêtue de ses plus beaux atours.

Suprême raffinement, un chapelet de perles en sautoir et deux larmes de nacre pendues à ses oreilles rehaussaient l'éclat de son teint et soulignaient sa grâce naturelle.

Joshua ne donnait pas signe de vie. Se serait-il par hasard ravisé au dernier moment? Et si oui, que faire?

On sonna. Elle poussa un ouf de soulagement et se précipita à la porte. C'était lui, portant smoking et rose rouge à la boutonnière. Il était superbe.

– Bonjour, professeur...

Il l'admira longuement.

– Tu es ravissante, comme d'habitude.

Elle fit la moue.

– C'est tout ce que tu trouves à dire?

– Ma chérie, déclara-t-il en la prenant dans ses bras, tu seras toujours aussi belle, quels que soient tes vêtements.

C'était du Joshua tout craché : montrant un mépris souverain pour les apparences, il allait droit à l'essentiel. Venu du cœur, ce compliment maladroit couronnait un après-midi passé à se bichonner et à se pomponner devant la glace.

– Je te montrerai l'appartement à notre retour. Tu verras, il n'y a rien d'extraordinaire. Dépêchons-nous, je ne voudrais pas arriver en retard.

Elle attrapa son sac et ramassa un livre posé sur le canapé.

— D'ailleurs, nous sommes déjà en retard.

Joshua fixait le volume.

— C'est le dernier ouvrage de ton père. Je l'emmène pour me le faire dédicacer, expliqua-t-elle.

Il hocha la tête.

— Nous n'en avons pas pour longtemps. Ton appartement est à deux pas de l'université, raisonna-t-il.

Il enroula un bras protecteur autour de ses frêles épaules et il escorta la belle jusqu'à son automobile.

Il était venu avec le 4 × 4.

— Ça manque de classe, je le reconnais, mais je n'avais guère le choix, après la pluie d'hier soir.

Elle s'esclaffa et railla gentiment ses goûts frustes et champêtres. Ils parvinrent sans encombre sur le campus, mais ils éprouvèrent quelque difficulté à se garer.

— C'est incroyable qu'il y ait tant de monde, observa Joshua.

— Et pas n'importe qui non plus. Regarde un peu ces luxueuses limousines avec chauffeur!

Le cocktail organisé en l'honneur du Pr Max Lange était indéniablement l'un de ces événements mondains qui défraient la chronique, et tout ce que la ville comptait d'important s'était déplacé.

— Voilà ce que c'est que d'être une vedette, soupira Joshua.

— Lui en veux-tu d'être célèbre?

— Non, au contraire. Je suis fier de mon père – même si je ne le lui ai jamais dit, ajouta-t-il avec un sourire sardonique.

Ils s'interrompit.

– L'ennui, reprit-il, c'est que moi je déteste le clinquant, et que je lui reproche de négliger son travail pour des futilités.

Il marqua une nouvelle pause.

– Je souffre aussi d'être constamment comparé à lui. Ce n'est rendre justice ni à l'un ni à l'autre, mais les gens ne changent pas vite.

Elle sourit, touchée par sa franchise et sa simplicité. De là venait sa force et son aplomb impressionnant : c'était un être entier, qui menait sa vie en accord avec ses principes et qui se dévouait corps et âme à son métier, sans se soucier des convenances ou du qu'en-dira-t-on.

Il s'impatienta :

– Nous n'allons pas continuer à tourner en rond indéfiniment. Il y a de la place là-bas près du gymnase. Crois-tu pouvoir faire tout ce chemin avec des talons hauts ?

– Tu veux rire ! Je marche avec des talons aiguilles depuis l'âge de treize ans, riposta-t-elle, offensée par cette marque de suspicion – la prenait-il vraiment pour une gourde ?

Chris sauta prestement du 4 × 4. Sa longue robe noire s'épanouit en corolle.

– Nous aurions intérêt à couper à travers la pelouse, suggéra-t-elle.

– Ne crains-tu pas que ce soit un peu risqué ? Tu n'es guère équipée pour ce genre de promenade, objecta-t-il.

– Ne t'inquiète pas.

Elle fronça les sourcils.

– Tu accumules les prétextes pour arriver en retard, n'est-ce pas ?

— Passons donc par la pelouse, puisque tu y tiens tant. Mais je t'aurais prévenue...

Chris savait bien au fond qu'il avait raison. Mais elle avait trop d'amour-propre pour l'admettre. Une fois de plus, lui sembla-t-il, sa fierté et son honneur de femme étaient en jeu, qui lui commandaient de repousser avec dédain les suggestions d'un homme, fût-il l'élu de son cœur.

Elle ne tarda pas à déchanter. L'orage de la veille avait détrempé la terre, et ses jolies chaussures fines s'enfonçaient dans la boue. Joshua tenta une dernière fois de la raisonner. En vain. Têtue comme une mule, Chris continua son petit bonhomme de chemin, Cendrillon courant au bal...

Cendrillon punie... L'obstination est un vilain défaut, surtout quand elle se double d'impatience. Dans la pénombre, Chris trébucha sur un tuyau d'arrosage. Sa cheville se tordit. Elle poussa un cri. Joshua se précipita.

— Ça va? J'ai entendu un craquement...

# 8

– J'AI trébuché sur quelque chose, gémit-elle en se massant la cheville.

Joshua se baissa.

– Un tourniquet, dit-il, tu t'es pris le pied dans un tourniquet, et ton talon est cassé.

Il lui tendit la pièce manquante.

Catastrophe! Elle allait arriver en boitant.

– Tant pis, répondit Chris, la rage au cœur, je compenserai de mon mieux.

Pris de fou rire, Joshua retrouva brusquement son sérieux.

– Comment va ta cheville?

– Je souffre un peu, mais il n'y a rien de grave.

– Tu en es sûre?

Elle hocha la tête, et le remercia ensuite de ne pas la gronder ni lui rappeler ses mises en garde.

– La leçon me paraît suffisante, répondit-il avec le sourire.

– En effet...

Ils se remirent en route. Chris avançait en boitillant. A chaque pas, son talon gauche s'enfonçait dans la glaise humide et spongieuse, et elle avait toutes les peines du monde à marcher droit.

— On dirait une cigogne blessée, railla-t-il, hilare.

— Très drôle, répliqua-t-elle sur un ton pincé. Son visage redevint grave :

— Veux-tu t'appuyer sur moi ?

Elle ne dit pas non. L'heure n'était plus à jouer les fières...

— Excuse-moi, je ne voulais pas être méchant, dit-il en la prenant par l'épaule.

Un malheur n'arrive jamais seul. A peine avaient-ils fait quelques mètres serrés l'un contre l'autre qu'un bruit caractéristique leur fit dresser l'oreille, évoquant irrésistiblement l'eau qui court dans un tuyau.

Joshua jeta un coup d'œil alentour.

— Ce n'est tout de même pas...

Si, hélas. Il s'agissait bien du système d'arrosage qui, branché sur minuterie, redémarrait brusquement. Un jet glacé fusa par intermittence des tourniquets. Ils se trouvaient en plein dans l'axe. Joshua pressa l'allure. Chris traînait la patte.

— Je ne peux pas courir dans cette tenue, lança-t-elle.

Plaquée sur ses cuisses, sa robe gorgée d'eau l'obligeait à raccourcir la foulée et à faire de petits pas précipités, ce qui n'était pas sans rappeler, ainsi que Joshua le fit malicieusement observer, la démarche saccadée des personnages du cinéma muet.

Chris sourit malgré elle. Pour aller plus vite,

elle ôta ses chaussures, puis elle courut avec lui se mettre à l'abri. Ils s'arrêtèrent au bord du trottoir.

La scène se passait de commentaires. Ses bas étaient déchirés, ses cheveux lui dégoulinaient sur le visage, elle était trempée.

— Regarde-moi ça! De quoi ai-je l'air? Je n'aurais jamais dû t'écouter, déplora-t-elle, avec une mauvaise foi typiquement féminine.

— Je te demande pardon, c'est toi, riposta-t-il, qui a voulu passer par là.

— Parce que tu m'y as poussée? répliqua-t-elle, sans rougir.

Le désastre était total. Elle était ruisselante de la tête aux pieds. Jusqu'au précieux ouvrage du père de Joshua, pour lequel elle avait déboursé une petite fortune, qui était irrémédiablement abîmé.

— Nous ne pouvons pas nous présenter dans cette tenue, dit-elle.

— Non, répondit-il, mais il faut prévenir mon père. Passons par-derrière, je le ferai appeler.

— A quoi bon? De toute façon, tu ne voulais pas venir.

— Je lui ai promis d'être là, et je tiens à lui expliquer ce qui est arrivé. Nous avons maintenant plus d'une heure de retard, et il doit commencer à s'inquiéter. Je ne voudrais pas lui gâcher la soirée, raisonna-t-il.

Chris se rangea à son avis. Elle l'examina. Loin de le desservir, le désordre de sa mise et ses vêtements humides plaqués sur son corps viril accusaient son charme fauve. Même trempé comme une soupe, il restait l'homme le plus séduisant au monde, et elle le trouvait absolument irrésistible. Par comparaison, elle ressemblait à un épouvantail.

— Ne te tracasse pas, reprit-il. Nous resterons dehors et nous tâcherons de ne pas nous faire remarquer. S'il vient quelqu'un, nous pourrons toujours nous cacher derrière les buissons.

Rasant la haie, tels deux malfaiteurs, ils s'approchèrent discrètement de l'immeuble où se tenait la réception. Soucieuse d'éviter les rencontres, Chris ouvrait l'œil. Soudain, elle distingua deux silhouettes dans l'obscurité.

— Arrête-toi! Pourvu que ce ne soit pas...

Nouveau coup du sort. Le président de l'université en personne, Mike Desmond, un petit homme sec comme un coup de trique et très à cheval sur les principes, prenait le frais avec Madame, une digne et imposante matrone qui le traînait par le bras.

Joshua la poussa aussitôt à couvert.

— Aïe!

— Chut!

— Ça pique! Tu aurais pu choisir un autre endroit!

— Tais-toi donc! Tu vas nous faire remarquer.

Le couple passa devant eux.

— As-tu entendu? J'aurais juré que c'était une voix de femme, dit Mike Desmond.

— Enfin, Mike, je t'ai dit cent fois de ne pas boire! Tu sais bien que tu ne supportes pas l'alcool, gronda Gladys, son épouse.

— Mais je n'ai eu qu'un verre...

Ils s'éloignèrent. Chris et Joshua poussèrent un ouf de soulagement.

124

– Nous l'avons échappé belle! Imagines-tu leur réaction, s'ils nous avaient aperçus? Des gens aussi convenables! pouffa Joshua.

Échaudée par cette nouvelle alerte, Chris aurait préféré rentrer directement et téléphoner ensuite au Pr Max Lange. Joshua ne l'entendait pas de cette oreille.

– Courage, fit-il, nous sommes presque arrivés.

Ils se glissèrent furtivement jusqu'à l'entrée de service. Des employés en blouse blanche déchargeaient des plats cuisinés d'une camionnette. Un chasseur en livrée se porta à leur rencontre.

– Vous désirez?...

Rouge de honte, Chris laissa Joshua répondre :

– Auriez-vous l'amabilité de prévenir le Pr Lange que son fils l'attend dehors avec une amie?

L'homme leur jeta un regard soupçonneux.

– Nous avons eu un petit contretemps, ajouta Joshua, pas très à l'aise.

– Vous êtes le fils du Pr Lange?

– Oui, et comme je ne peux pas me présenter dans cet état, il faudrait que quelqu'un aille le chercher.

– D'où sortez-vous?

– Nous avons été surpris par les tourniquets en traversant la pelouse, expliqua-t-il.

Joshua s'impatienta :

– Nous n'avons pas pu nous garer plus près, déclara-t-il en chassant une mèche rebelle sur son front.

Pour vaincre l'incrédulité du maître d'hôtel, outré par le toupet de ces deux énergumènes,

Chris, qui se souvenait n'avoir elle-même été convaincue que par ce biais le premier jour, conseilla à Joshua de lui montrer ses papiers. Il s'exécuta de bonne grâce.

– Je n'aurais jamais eu autant besoin de justifier de mon identité que depuis que je te connais! se moqua-t-il.

Leur interlocuteur dut se rendre à l'évidence.

– Bien, dit-il avec un haussement d'épaules, je vais voir ce que je peux faire.

Cible de tous les regards, nos deux comparses cherchèrent refuge dans un coin.

– Avons-nous donc l'air si bizarres? s'alarma Joshua.

Chris assura qu'ils avaient en effet bien piètre allure. Il lorgna d'un œil brillant de convoitise les courbes gracieuses épousées par la robe et le chemisier détrempés.

– Je te trouve très bien..., susurra-t-il.

Elle frissonna.

– As-tu froid?

– Non, au contraire..., répondit-elle étourdiment.

Il sourit.

– Je disais ça en plaisantant, rectifia-t-elle aussitôt.

– On ne le dirait pas...

Une lueur dansait dans ses prunelles océanes. Chris allait répondre quand arriva le Pr Lange père, un monsieur d'un certain âge, très distingué, au visage avenant et aux yeux cerclés de fines lunettes. Elle le trouva d'emblée sympathique.

– Mes enfants! Que diable vous est-il arrivé?

Joshua lui résuma la situation en deux mots.

– ... mais j'ai tenu à te prévenir, pour éviter que tu t'inquiètes, conclut-il.

Chris ne pouvait décemment pas le laisser endosser la responsabilité de cet incident ridicule.

– C'est ma faute, dit-elle, c'est moi qui ai voulu traverser la pelouse.

– Ah, quand même! Tu finis par le reconnaître! s'exclama Joshua.

Elle l'incendia du regard et reprit :

– Je suis absolument navrée d'avoir bêtement tout gâché, professeur. Je me faisais une telle joie d'assister à cette réception! Tenez – elle sortit de son sac le précieux ouvrage, gonflé comme une éponge et tout dégoulinant – je voulais vous demander de me le dédicacer...

Max Lange saisit l'objet entre le pouce et l'index.

– Qu'à cela ne tienne, je vais vous en donner un autre, dit-il.

– Cela me gêne...

– J'insiste. Vous ne pouvez me refuser ça.

– Tu peux lui faire confiance, gloussa Joshua.

Le père et le fils se regardèrent. On ne sentait aucune animosité entre eux, mais au contraire l'acceptation mutuelle de leurs différences et une profonde complicité.

– Ainsi vous êtes Chris Lassiter, la nouvelle collaboratrice de mon fils, observa, songeur, Max Lange.

Chris enrageait de se présenter à lui dans un tel appareil, trempée jusqu'aux os et coiffée comme une gorgone. L'illustre savant sourit en hochant la tête.

– Vous faites un drôle de couple, tous les deux.

– J'espère que nous n'avons pas fait trop de scandale, bredouilla notre amie.

– Vous voulez rire! C'est toujours un plaisir de faire la connaissance d'une jeune personne aussi charmante que vous, clama le digne professeur, tout émoustillé par les grâces de son interlocutrice.

Tel père, tel fils. Joshua avait de qui tenir! songea Chris, rosissante devant ce vieux galant.

– Maintenant, rentrez vite vous changer, avant d'attraper froid. Il faut que je retourne voir mes collègues, dit-il en s'esquivant.

Avant de franchir la porte, il se retourna et lança à Joshua :

– Quand tu étais gosse, tu passais des heures entières à jouer à moitié nu au milieu des tourniquets. Je te signale quand même que tu as passé l'âge, et que ce n'est pas exactement ainsi qu'on séduit une femme...

Joshua éternuait déjà en arrivant chez Chris. Elle l'invita à entrer. Il n'aurait pas demandé mieux que d'ôter ses frusques et de terminer la nuit avec elle, s'il n'avait dû retourner au Centre surveiller une jeune louve dont le comportement l'intriguait et laissait penser qu'elle allait bientôt mettre bas.

Mortifiée par cette soirée gâchée, Chris se confondit en excuses.

Il la rassura bien vite : cette soirée, à l'entendre,

avait été l'une des plus cocasses de son existence, et il en garderait le meilleur souvenir. C'était tellement plus amusant de gambader dans l'herbe que de causer avec tous ces gens...

— Décidément, j'adore sortir avec toi! lança-t-il gaiement.

— Mais ton père?

— Tu veux que j'aille le lui dire? badina-t-il.

— Surtout pas!

— Tu as sans doute raison, dit-il en haussant les épaules, il est trop vieux pour toi.

— Je n'ai aucune visée sur ton père, s'insurgea Chris.

Il éternua de nouveau.

— Je suis vraiment navrée, soupira-t-elle.

Il lui déposa un chaste baiser sur le front.

— Je sais, mais ne t'en fais pas. Je continuerai à t'adorer, même si tu fais les yeux doux à mon papa.

Elle leva les yeux au ciel et ouvrit la porte.

— Bonne nuit, professeur...

# 9

JOSHUA mettait désormais la dernière main à
son étude. Voilà quinze jours qu'il travaillait
d'arrache-pied, flanqué de son adorable, et
d'autant plus précieuse, collaboratrice, qui dac-
tylographiait les pages au fur et à mesure
qu'elles étaient prêtes. Juste rétribution, signe
du destin, qui d'autre qu'une femme saurait
mieux transcrire vos pensées? Ainsi donc, Chris
avait-elle vu l'exposé prendre corps peu à peu
sous ses doigts. Elle n'en était pas fière. Les pre-
miers chapitres avaient déjà paru dans une
célèbre revue spécialisée, accompagnés d'un
article d'introduction des plus élogieux. La
communauté scientifique s'était émue, et l'on
attendait avec impatience la suite. L'éditeur télé-
phonait pratiquement chaque jour pour vérifier
l'avancée des travaux qui, de l'avis général,
marqueraient un tournant dans la connaissance
de nos amis les loups.

Chris abandonna un instant sa machine à écrire
pour descendre prendre un café au distributeur
automatique. On atteignait le milieu de la mati-

née, et elle était déjà à pied d'œuvre depuis trois heures.

– Tu es fatiguée? demanda Joshua, à son retour.

Chris fit un geste de la main.

– Un peu, répondit-elle, mais l'essentiel, c'est que nous ayons terminé en temps voulu.

– J'aurais dû attendre d'avoir complètement fini pour leur envoyer l'ensemble. Maintenant, ils vont nous harceler jusqu'au bout, soupira-t-il.

– Ne te tracasse pas. Nous tiendrons les délais, assura-t-elle.

Retenue toute la journée devant sa machine, Chris emmenait désormais ses livres avec elle le matin, de manière à pouvoir étudier quand l'occasion s'en présentait. Elle posait son café sur le bureau quand entra Max Lange.

– Bonjour, les enfants! claironna-t-il.

Chris le remercia de lui avoir fait parvenir un exemplaire dédicacé de son dernier ouvrage. Ils échangèrent quelques amabilités; après quoi père et fils passèrent dans la pièce voisine pour discuter.

Les femmes sont curieuses, et les hommes imprudents. Chris ne put résister à la tentation d'espionner la conversation. Accroupie devant l'armoire renfermant les documents, elle feignit de chercher quelque chose...

– Je t'apporte de bonnes nouvelles. Notre article vient de sortir, annonça Max Lange.

– Notre article?

– Oui, celui qui traite des apports vitaminés.

– Mais c'est toi qui l'as écrit! Je n'y suis pour rien! s'insurgea Joshua.

– Ne dis pas de bêtises. Je te dois une fière chandelle, et il était bien normal que je t'associe à moi, répliqua son père.

Joshua leva les bras au ciel.

– Qu'est-ce que tu as encore été manigancer?

Le vieux Max lui présenta la maquette du dernier numéro de *Science Aujourd'hui*.

– J'ai pensé que ça t'intéresserait.

Joshua y jeta un rapide coup d'œil.

– Voyons, papa, tu ne te rends pas compte! Je n'ai pas rédigé une seule ligne de cet article!

– C'est précisément ce que je te reproche : tu te tiens à l'écart, tu préserves jalousement ton anonymat, au lieu de publier et de faire fructifier tes recherches.

Pour illustrer ses propos, Max Lange désigna, çà et là, des passages :

– Regarde, jamais, sans toi, je n'aurais pu écrire ça... ou ça...

– Mais enfin, s'exclama son fils, je t'ai juste donné des renseignements!

– Lesquels m'ont obligé à réviser mon article de fond en comble, précisa Max Lange.

Joshua se cacha le visage entre les mains.

– Ça ne sert à rien de discuter avec toi; tu as réponse à tout.

Il se renversa sur sa chaise et lui annonça la prochaine parution de son étude. Son père s'en montra ravi et l'en félicita chaudement.

– Tu t'es enfin décidé à suivre mes conseils! lança-t-il, triomphant.

Joshua perdit patience :

– Cela n'a rien à voir avec toi. J'avais depuis

longtemps l'intention de publier cette étude. Si seulement tu me laissais agir à ma guise!

Le ton montant entre eux, Chris décida d'intervenir. Elle frappa à la porte restée entrouverte.

– Joshua? Je n'arrive pas à déchiffrer ton écriture, dit-elle innocemment.

Le Pr Lange père se leva.

– Je vous laisse travailler, conclut-il en s'esquivant.

Chris lui adressa un vague salut.

– Excuse-moi de cette intrusion, déclara-t-elle, mais je vous ai entendus, et tu avais l'air à cran et sur le point d'exploser.

Joshua opina en silence, le regard lointain.

– Je te trouve préoccupé. Que se passe-t-il? demanda-t-elle doucement.

Il se leva et marcha nerveusement dans la pièce.

– C'est l'attitude de la presse qui m'inquiète, confessa-t-il.

Elle s'étonna. Les critiques ne tarissaient-ils pas d'éloges à son égard? C'était là que le bât blessait. Après avoir déchaîné l'enthousiasme des spécialistes, il craignait de décevoir en soumettant l'ensemble de ses conclusions. Pire – et Chris le crut volontiers – il redoutait que son éventuel succès auprès de ses pairs ne compromît gravement son mode de vie et ne l'obligeât à des révisions déchirantes. Ne risquait-il pas, en sacrifiant à la notoriété, de céder au chant des sirènes et de négliger ses activités scientifiques, suivant, hélas, l'exemple de son père?

Ça le révoltait. A la seule idée de devoir se

mettre en avant et de plastronner en public, Joshua en étouffait de rage. Sous aucun prétexte il ne se prêterait à ces absurdités, qui ne lui vaudraient que l'estime de ceux qu'il méprisait, et une cuisante blessure d'amour-propre.

Il était parvenu à établir un équilibre précaire entre sa vie privée et sa vie professionnelle, et il n'entendait pas le remettre en cause en multipliant les fonctions officielles ou les apparitions mondaines, tant il était vrai que son travail demeurait l'essentiel à ses yeux.

Chris observa que les choses n'étaient pas forcément si tranchées... Il souligna en retour les contradictions inhérentes à son travail, qui réclamait tout à la fois solitude, patience, et publicité.

La sonnerie du téléphone mit un point d'orgue à leur conversation. Chris décrocha : c'était précisément le rédacteur en chef de *Science Aujourd'hui*. Il avait décidé de publier l'article de Joshua en deux parties, dont la première sortirait incessamment, et il désirait lui parler.

— Et voilà, ça continue... quelle journée, soupira ce dernier.

Par souci de discrétion, Chris regagna son bureau et elle se remit au travail devant sa machine, tout en surveillant du coin de l'œil le témoin lumineux qui clignotait sur le combiné, indiquant que la ligne était occupée. La conversation s'éternisait. Finalement, Joshua raccrocha. Impatiente de savoir ce qui s'était tramé entre lui et son correspondant, la jeune femme attendit toutefois qu'il se manifeste pour l'interroger à ce sujet.

– Il faut que je te parle. Peux-tu entrer cinq minutes? demanda-t-il en ouvrant la porte.

La solennité de sa requête laissait craindre le pire. D'ordinaire, lorsqu'il avait quelque chose à lui dire, Joshua ne prenait pas tant de précautions. Quelle nouvelle catastrophe allait-il lui annoncer?

– Que se passe-t-il? demanda-t-elle en s'asseyant en face de lui.

– Rien de grave, rassure-toi. D'abord, il se confirme que l'on va publier mon étude en deux fois.

Elle opina en silence.

– Ensuite, reprit-il après s'être éclairci la voix, nous sommes invités tous les deux à un congrès organisé par l'université de Phœnix, dans l'Arizona, et consacré aux mécanismes de survie des espèces menacées. Tous nos frais seront payés, et nous recevrons même une petite gratification. En retour, je devrai participer aux conférences et exposer devant mes collègues le sens et l'objectif de mes recherches.

– Il n'y a vraiment aucune raison que je t'accompagne. Je n'ai fait que dactylographier tes notes et corriger ça et là quelques impropriétés, objecta Chris.

Il sourit de sa modestie, analogue à la sienne, tout à l'heure, devant son père. Chris n'en démordit point, qui continua à minimiser son rôle dans la rédaction de cette étude. Joshua insista tant et si bien qu'il finit par obtenir gain de cause. N'était-ce pas d'ailleurs le devoir de sa collaboratrice, fit-il valoir, que de l'assister en toutes circonstances?

— As-tu donc accepté son invitation? le questionna-t-elle.

— Il ne s'agit pas tant d'une invitation, rectifiat-il, que de l'occasion de rétablir la vérité sur les loups, trop souvent calomniés, y compris dans les milieux scientifiques.

Le hic était que Toundra, la compagne du chef de la meute, semblait sur le point de mettre bas.

Chris proposa aussitôt de rester pour la surveiller, elle et les autres. Joshua envisageait au contraire de déclarer forfait et de l'envoyer à sa place. Elle se récria. Il n'insista point, sinon pour souligner l'importance qu'il attachait à sa présence à son côté lors de ce symposium. Peu habitué à prendre la parole en public, il avait, dit-il, besoin de se sentir épaulé, moralement et intellectuellement.

Chris ne demandait pas mieux que de l'accompagner. A cette fin, elle suggéra de louer pour quelques jours les services d'un étudiant, chargé de veiller sur leurs pensionnaires pendant leur absence. Joshua se rallia à cette idée.

Ainsi fut fait. Après avoir auditionné une cinquantaine de candidats, Joshua arrêta son choix sur un jeune homme qui venait de décrocher sa maîtrise avec la mention « très bien », et que l'on présentait comme l'un des éléments les plus sérieux et les plus brillants du département. Flanqués de ses deux instructeurs, celui-ci fut rapidement opérationnel.

La ville de Phœnix, dans l'état voisin de l'Arizona, n'était qu'à une heure d'avion. Joshua occupa tout le trajet à réviser ses notes, Chris se gardant bien de l'interrompre. A leur arrivée, il ne se montra guère plus loquace. Chris finit par s'alarmer de son mutisme :

– Je te trouve bien silencieux, remarqua-t-elle, dans le minibus qui les conduisait à l'hôtel.

– Ça va, répondit-il, laconique.

– Vraiment ?

– C'est la première fois que j'assiste à un congrès de cette importante, et je redoute la réaction de mes collègues. Va-t-on, enfin, me prendre au sérieux ?

Chris ne pipa mot. Son comportement lui parut bizarre.

– J'ai l'impression que tu me caches quelque chose, dit-il, finaud.

Elle rassembla son courage et elle lui annonça la présence de son père, censé également prononcer une allocution.

– J'aurais dû m'en douter, soupira Joshua, le nez collé à la vitre. Il ne raterait pas une occasion pareille... Depuis quand es-tu au courant ?

– Depuis le début. Mais il m'a fait jurer de garder le secret jusqu'à notre arrivée.

Elle s'interrompit et puis :

– Il était tellement fier de toi ! Son seul vœu est que tu fasses reconnaître ta valeur et que ta renommée excède bientôt la sienne. Il te croit d'ailleurs voué à un brillant avenir, conclut-elle, en s'attirant un petit sourire en coin.

– Comment as-tu fait pour deviner ?

– Je suis à bonne école, répondit-elle, sur le ton de la plaisanterie.

Les invités se pressaient en foule dans le grand hall de l'hôtel, où de jeunes et ravissantes hôtesses distribuaient le programme.

— Je n'aurais jamais cru qu'il y ait tant de monde, s'étonna Joshua.

Sa surprise fut à son comble lorsqu'il apparut que c'était lui qui tiendrait la vedette, et que tous les débats tourneraient autour de ses travaux. Chacun attendait avec impatience la communication officielle qu'il devait faire devant un parterre de distingués zoologistes venus des quatre coins du pays.

Un monsieur se présenta.

— Professeur Joshua Lange, si je ne m'abuse?

— En effet. Que puis-je pour votre service?

— Je m'appelle Martin Evans, et j'enseigne à l'université d'Arizona. Je vous ai reconnu d'après votre photo.

— Ma photo? demanda Joshua avec effarement.

Il se tourna vers Chris, qui se contenta de hausser les épaules.

— Oui, expliqua son collègue, celle qui figure en première page de votre article. J'avoue être très impressionné par la qualité de votre travail. Il est rare de lire une étude de cette valeur, et je tenais à vous en féliciter personnellement.

Rouge comme une pivoine, Joshua bredouilla de vagues remerciements. Mais dès qu'ils entrèrent dans le vif du sujet, il retrouva son aplomb.

Soucieuse de ne pas lui voler la vedette, Chris se tenait prudemment en retrait. Peine perdue. Deux messieurs, eux-mêmes des zoologistes de haute volée à en juger par les titres mentionnés à côté de leur nom sur l'écusson qu'ils portaient, comme tous les participants, à la boutonnière, s'approchèrent.

– Êtes-vous Chris Lassiter, l'assistante du Pr. Lange ? demanda le plus âgé, un petit homme râblé, au front dégarni et aux tempes chenues.

– C'est cela même.

La conversation s'engagea. Ni Chris ni Joshua ne virent le temps passer. Tandis qu'il régalait son auditoire d'anecdotes croustillantes – en tant que spécialiste de la reproduction chez les lupus, leur comportement amoureux n'avait plus de secret pour lui ! – Chris parlait de leur installation, là-haut dans la montagne, et de l'organisation de leurs journées.

La scène était presque irréelle. Des savants de renom international ne venaient-ils pas humblement glaner auprès d'elle des renseignements sur la vie des loups en semi-captivité ?

De l'autre bout de la salle, Joshua lui adressa un sourire radieux. Distraite, elle fit répéter son interlocuteur.

– Je voudrais savoir dans quelle mesure vous avez réussi à reconstituer l'habitat naturel des loups.

– Le Pr Lange a veillé à ce qu'ils ne se sentent pas dépaysés, sachant en effet que lorsqu'ils s'ennuient ou souffrent de ne pas être dans leur milieu, les loups deviennent agressifs et imprévisibles : ils dépérissent, et à la longue ils finissent par mourir, répondit-elle sans se démonter.

– Qu'en pensez-vous, personnellement ?

Des professeurs d'université lui demandaient son avis. C'était proprement incroyable!

Revint Joshua, qui l'arracha provisoirement à la compagnie de ses deux collègues. Il leur restait en effet à régler les formalités d'usage avant de monter dans leur chambre. L'employé de la réception, à qui ils avaient confié leurs bagages, lui donna les clés. Sur sa requête explicite, on leur avait attribué des chambres voisines.

— Nous n'y serons pas souvent, remarqua-t-il, car nous avons un emploi du temps chargé.

Le groom se faisant attendre, il porta lui-même leurs valises.

— Attention, prévint Chris, la mienne pèse une tonne.

— Le contraire m'aurait étonné. Les femmes emmènent toujours des tas de choses inutiles, bougonna-t-il.

— Vas-tu souvent à l'hôtel en galante compagnie? le taquina-t-elle.

Il s'esclaffa.

— Tu as le cœur léger, n'est-ce pas?

Chris n'en disconvint pas, qui s'avoua impatiente d'assister au cocktail de bienvenue. La dernière fois qu'elle avait fait des efforts de toilette, cela s'était terminée par une catastrophe. Elle entendait bien se rattraper.

— Je t'ai observée, tout à l'heure. Tu as littéralement l'air aux anges, renchérit-il.

— Oui. C'est la première fois que j'assiste à un congrès scientifique, et je n'en reviens pas que des spécialistes mondialement connus s'adressent à moi pour obtenir des renseignements sur les loups, répondit-elle, émerveillée.

Quitte à jouer les rabat-joie, Joshua déclara quant à lui ne point partager son enthousiasme, et n'apprécier que très modérément les fastes de cette réunion. Qu'était-il besoin de se déguiser et de se livrer à toutes ces simagrées pour parler des loups devant un aréopage de savants! A la différence de nombre de ses pairs, il était avant tout, lui, un homme de terrain, et s'il s'était écouté, il serait venu en jean et chemisette à carreaux, au lieu de s'engoncer dans cet abominable smoking dans lequel il étouffait.

Chris lui reprocha de se montrer systématiquement de parti pris, et de tout voir en noir exprès.

– Tu as peut-être raison, soupira-t-il, résigné.

Chris consulta sa montre.

– Il reste environ deux heures avant le début de la réception. As-tu encore besoin de moi?

– Pas que je sache. Je retourne jeter un coup d'œil sur mes notes, et je vais voir si mon père est arrivé.

– De mon côté, je vais en profiter pour prendre un bain, déclara-t-elle.

Il lui planta un baiser sur la joue.

– A tout à l'heure.

– Attends! Tu ne m'as pas laissé la clé.

– Songerais-tu, par hasard, à m'interdire ta porte ce soir? badina-t-il.

Elle feignit de s'offusquer.

– Joshua!

Ils pouffèrent. Il déposa le trousseau sur la table de nuit, puis il en sortit la réplique exacte de sa poche.

– J'ai oublié de te dire que je possède un

double de tes clés. Officiellement, c'est parce que ta chambre nous sert de bureau et que je dois pouvoir y avoir librement accès, expliqua-t-il malicieusement.

Elle fronça les sourcils.

– Ne t'inquiète pas. Pour plus de vraisemblance, j'ai demandé que l'on nous prête une machine à écrire, ajouta-t-il en disparaissant dans le couloir.

# 10

Une légère faiblesse l'obligea à s'allonger. Surexcitée, Chris n'avait pratiquement pas fermé l'œil, la nuit précédente, et elle éprouva le besoin de récupérer un peu avant de faire son entrée dans le monde. Il ne s'agirait pas alors de commettre le moindre faux pas, elle devrait tenir son rôle à la perfection.

C'était justement ce qui la préoccupait. Au fur et à mesure que l'échéance approchait, l'inquiétude laissait place à l'angoisse.

L'hôtel abritait une pléiade de vedettes de la science, et tout le gratin de la zoologie sur le continent nord-américain. Alarmée, Chris mesurait le fossé qui la séparait des autres invités. S'il lui était encore relativement facile de discuter des loups avec ces messieurs, comme l'avait montré son entretien avec les deux professeurs, elle craignait de paraître timide et mal à l'aise, sortie du cadre strictement professionnel. Issue d'un milieu modeste, elle n'avait pas l'habitude de frayer avec le beau monde, ni d'évoluer dans les hautes sphères de l'intelligentsia zoologique, et elle redoutait de faire tache au milieu d'une aussi brillante compagnie et d'accumuler les impairs – au grand dam du Pr Max Lange, venu assister au triomphe de son fils.

A tout le moins jouissait-elle, au milieu de cette assemblée à forte dominante masculine, des privilèges que la grâce et le charme confèrent à son sexe pour surmonter la gêne née de la pudeur et de l'inexpérience. Le sourire d'une jolie femme est toujours irrésistible; elle comptait sur sa fraîcheur et sa vivacité pour effacer toute trace de malaise ou de gaucherie.

Chris se leva. Elle passa alors le reste du temps à s'apprêter devant la glace. Elle finissait de se maquiller lorsqu'on frappa : Joshua battait la semelle devant sa porte, un Joshua méconnaissable, radieux et tout fringant dans son élégant costume de ville. Chris resta béate d'admiration devant son champion, qui sourit et dit :

– Quel dommage que tu ne me regardes pas plus souvent ainsi...

– Hein ?

– Je lis le désir dans tes yeux.

– Tu as trop d'imagination, pouffa-t-elle.

– Taratata! Mon métier m'a rendu très observateur.

N'était-elle pas ravissante, exquise, drapée dans une longue robe noire qui mourait à ses chevilles, portant un collier de perles et des boucles d'oreilles ?

Alléché par les appas délicieux masqués par le voile de tissu, il la prit par les reins et la serra contre lui.

– Bienheureuses les femmes avides, car elles seront rassasiées, susurra-t-il.

Cette tendre prophétie déchaîna son imagination ainsi qu'une folle impatience. Palpitante, les joues en feu, Chris se détourna :

– Tu me distrais.

– Que devrais-je dire.

Voilà donc la petite Chris Lassiter, zoologiste dactylographe, veuve, blonde, et dompteuse de loups, qui descend d'un pas tremblant l'escalier menant à la fête au bras de son cavalier, le fameux Pr Lange, fils lui-même d'un illustre savant présent dans l'assistance. Son cœur battait la chamade, elle avait la bouche sèche, les mains moites.

Plût au ciel que tout se déroulât sans incidents ! L'occasion ne se représenterait sans doute pas de sitôt. Une fois de plus elle se trouvait à la croisée des chemins, et ce serait quitte ou double.

– As-tu vu ton père ? demanda-t-elle pour se donner une contenance.

– Je trouve que tu penses beaucoup à lui. Aurais-tu par hasard un faible pour les vieux messieurs ? la taquina-t-il, pince-sans-rire.

Il s'attira une grimace et une vague réplique. Au rez-de-chaussée, ils traversèrent le hall et embouquèrent un long couloir donnant sur une vaste pièce. La salle était déjà noire de monde ; derrière le bruit des conversations courait la douce musique d'un orchestre de chambre.

On leur offrit le champagne. Joshua fut aussitôt abordé par deux collègues, désireux d'éclaircir certains points avec lui. Demeurée en retrait, Chris glanait çà et là les bribes de conversations.

Une main se posa sur son épaule. Elle se retourna : c'était Max Lange.

– Mon fils n'est pas trop insupportable ?

– Non, gloussa-t-elle, jusqu'à présent je n'ai pas à m'en plaindre.

– Vous êtes ravissante, ma chère, la complimenta-t-il avec sa galanterie coutumière.

Honteuse de s'être ridiculisée, la dernière fois, Chris baissa la tête en rougissant. Max Lange s'efforça de la rassurer :

– C'est du passé, conclut-il, n'en parlons plus.

– Il n'empêche que vous y avez quand même pensé, dit-elle avec amertume.

L'intervention de Joshua détendit l'atmosphère. Il salua son père, qui le félicita de son élégance et le prit par le bras.

– Je voudrais te présenter un ami, qui tient les finances de l'institut Jefferson, lequel parraine de nombreux chercheurs en sciences naturelles. Il pourrait peut-être faire quelque chose pour toi.

Joshua refusa tout net, dénonçant chez son père un abus de pouvoir caractérisé. Max Lange insista.

– Quand cesseras-tu enfin de te mêler de mes affaires ? lança le fils, excédé.

– Je ne demande pas mieux, mais tu es si négligent..., raisonna le père.

– Je suis là pour me détendre, coupa Joshua.

– Et aussi pour rencontrer du monde et établir des contacts utiles, précisa Max Lange.

Il s'adressa à Chris :

– Tenez, là, à votre gauche, près de la fougère, c'est Charlie Danvers, le directeur de la Fondation pour les recherches en zoologie, exactement le genre d'individu susceptible d'aider Joshua. Allez le voir et bavardez avec lui, histoire de préparer le terrain. Nous vous rejoindrons dès que nous en aurons fini avec Bob Collins.

Chris interrogea Joshua du regard. Il secoua énergiquement la tête, puis il s'insurgea devant l'obstination de son père.

– J'en ai assez que tu me traites comme un gosse! Je suis parfaitement capable de me débrouiller tout seul!

Le ton monta. On leur jetait des regards curieux, et les gens se poussaient du coude en assistant à l'empoignade. Chris décida de calmer le jeu :

– Cesse donc de discuter, Joshua. Tu vas déclencher un scandale, dit-elle.

La mort dans l'âme, il s'inclina et il suivit son père.

Armée de son plus beau sourire, Chris partit donc en éclaireur auprès du dénommé Charlie Danvers. Elle se présenta. Après les amabilités d'usage, notre homme se déclara ravi de faire la connaissance de la ravissante collaboratrice du Pr Lange, dont on vantait les recherches sur les loups.

– La seconde partie de son étude doit paraître dans le prochain numéro du Bulletin de zoologie, expliqua-t-elle.

– Parlez-moi un peu de son travail, ça m'intéresse. Qui l'a subventionné, jusqu'à présent?

Ils bavardèrent ainsi pendant une dizaine de minutes, sans que la conversation languisse ni que

Charlie Danvers montre aucun signe de lassitude. Chris lui donna une foule d'explications, tout en restant évasive sur les points essentiels, qu'il appartenait à son patron de préciser.

Revinrent Joshua et son père, le premier aussi sombre et aussi renfrogné que le second était radieux et volubile. L'entretien avec Charlie Danvers accrut encore le malaise du fils.

— Pourriez-vous rédiger pour notre revue un petit compte rendu sur les rapports entre l'éthologie animale et la théorie du comportement chez l'homme? La sociobiologie est très en vogue actuellement, et elle trace des perspectives fascinantes, dit le directeur de la célèbre fondation.

— Je ne lui accorde personnellement aucun crédit, déclara sans ambages Joshua, car il s'agit à mon sens d'une démarche aberrante partant de présupposés ridicules, qui reviennent à assimiler l'être humain à un robot. Dès lors que l'on accepte le fait que nous sommes des individus, libres et responsables, tout l'édifice de la sociobiologie s'écroule comme un château de cartes.

— Pour s'assurer des fonds, professeur, il faut bien envisager d'éventuelles retombées du côté des sciences humaines. Si vous arriviez à établir un lien entre le comportement des loups et celui des humains...

— Il n'y en a pas, coupa Joshua.

Max Lange leva les yeux au ciel et poussa son fils du coude.

— Allons, Joshua, comment peux-tu être aussi catégorique sans avoir étudié de près la question? Qui sait s'il ne s'agit pas d'une hypothèse féconde? plaida-t-il d'une voix doucereuse.

— L'homme ne descend pas du loup, papa. Comment veux-tu que je démontre...?

— On ne te demande pas de prouver quoi que ce soit, rectifia Max Lange.

— Non, renchérit Charlie Danvers, simplement de formuler quelques hypothèses. Ne constaterait-on pas, par exemple, des similitudes troublantes entre la manière dont les loups et les hommes se choisissent un partenaire? Quel rôle exact jouent les odeurs dans la naissance du sentiment amoureux? Ne sommes-nous pas restés des animaux lorsque nous disons de quelqu'un qui nous déplaît que nous ne pouvons pas le « sentir »?

Joshua perdit patience!

— En somme, vous voudriez l'un et l'autre que je reste dans le flou et que je compare des choses qui n'ont aucun rapport, au mépris de toute rigueur scientifique?

— Exactement.

— Adressez-vous à quelqu'un d'autre. Je ne trahirai pas le sens de mes recherches en me livrant à ce genre de considérations oiseuses. Les animaux m'intéressent pour eux-mêmes, sans qu'il me soit besoin de faire de rapprochement avec l'homme, trancha Joshua, rouge de colère.

Excédé, il prit Chris par le bras et tourna les talons.

— Quel idiot! Il m'a mis littéralement hors de moi. Mon père d'ailleurs n'est pas près de me le pardonner...

— Tu as parfaitement raison de défendre ton point de vue et de rester fidèle à tes principes. Tu n'es pas fait, c'est évident, pour ce genre de travail. Mais ne jette pas non plus la pierre à ton père : je suis sûre qu'à ta place, il aurait accepté la suggestion de Charlie Danvers sans pour autant faire de concessions sur le fond, raisonna Chris.

Max Lange, qui les avait rejoints, abonda dans son sens, fustigeant l'attitude cassante de son fils et son manque total de diplomatie.

— A quoi bon continuer à discuter? Nous ne serons jamais d'accord là-dessus, toi et moi, répliqua-t-il avec un haussement d'épaules.

Soucieuse de réconcilier le père et le fils qui s'épuisaient en vaines disputes, Chris oberva qu'au lieu de se chamailler constamment, ils feraient mieux d'accepter leurs divergences et d'en tirer profit pour mener deux approches complémentaires.

Nos deux têtes de mule finirent par se rallier à ces paroles de bon sens. Max Lange sourit et loua la pondération de la nouvelle assistante.

— Où l'as-tu dénichée?

— C'est elle qui est venue m'attaquer avec une hache dans ma cuisine. Je n'ai pas osé la repousser. Depuis, ajouta-t-il en fixant Chris, je crois qu'elle a le béguin pour moi.

Max Lange saisit la balle au bond.

— Sans blague! Que comptes-tu faire, mon garçon?

— En profiter, pardi.

— A la bonne heure, fiston. Voilà enfin une parole raisonnable!

Il pointa l'index en direction de la jeune femme.

– Elle n'est pas armée, au moins?

Chris s'esclaffa.

– Pendant que vous racontez des bêtises, je vais faire un petit tour au buffet, dit-elle.

Max Lange annonça son intention de la rejoindre après être allé saluer avec Joshua un dernier ami.

– A-t-on idée d'un pareil cabochard! gronda Joshua.

Cette nouvelle halte les conduisit auprès d'un expert de l'Agence pour la protection de la nature. Joli papillon noir, éphémère et gracieux, Chris butina devant le buffet, entourée d'une nuée d'admirateurs.

On l'aborda. Un monsieur très correct, d'abord, qui s'approcha tandis qu'elle avait le dos tourné :

– Puis-je vous soustraire un instant au Pr Lange?

Chris effectua une volte-face.

– J'enseigne à Stanford, et je prie le ciel de m'accorder une collaboratrice aussi ravissante, la complimenta l'honorable Jason Kimmel, ci-devant directeur de recherches à l'université de Stanford, comme le mentionnait son écusson.

Ils échangèrent une poignée de main.

– Enchantée, professeur.

– Appelez-moi Jason, voyons.

Les zoologistes sont gens étranges, chez qui la passion des animaux s'accompagne d'un goût prononcé pour le beau sexe, ce qui semblerait confirmer la thèse de Charlie Danvers et des siens, pour qui, au fond, nous sommes tous des bêtes.

Encouragés par l'accueil favorable ménagé à leur collègue, deux autres gentlemen, bardés de diplômes, de titres prestigieux et portant bague au doigt, tentèrent leur chance auprès de la mignonne, qui les éblouit de son charme et de sa vivacité. Chris triomphait.

Joshua l'observait du fond de la pièce. Il lui sourit, sans plus. Intriguée par cette apparente froideur, Chris prit congé des trois messieurs et se porta à sa rencontre. Il la sonda du regard.

— Tu as l'air fâché, observa-t-il.

— Mais non, voyons.

— Si. Sans doute espérais-tu que je vienne t'arracher aux griffes de tes admirateurs?

— Ne sois pas ridicule.

— J'ai raison, avoue-le.

Flattée par sa jalousie à peine déguisée, Chris admit en riant que cette soudaine indifférence l'avait d'abord vexée. Ils se regardèrent tendrement.

— Que penses-tu, en fin de compte, de cette réception? N'es-tu pas déçue? demanda-t-il en sautant du coq à l'âne.

— Non... Au contraire, je suis ravie, répondit-elle, hésitante.

— Parce que les hommes te font la cour?

Elle haussa les épaules.

— Ne dis pas de bêtises.

— Alors, pourquoi?

— Je ne sais pas au juste. Il faudra que j'y réfléchisse.

Le cocktail tirait à sa fin et la salle commençait à se vider. Chris et Joshua suivirent le mouvement général. La soirée, en effet, se poursuivait à l'université, où Joshua devait prononcer un discours introductif dans le grand amphithéâtre. Un service spécial d'autobus avait été organisé pour y acheminer les congressistes.

Joshua, qui parlait pour la première fois devant un public autre qu'estudiantin, et qui se croyait – à tort, comme la suite le montra – piètre orateur, ne dissimulait pas ses craintes. Chris s'efforça de le rassurer, certaine, dit-elle, que son allocution recontrerait un vif succès.

Ils sortaient de l'hôtel quand on les appela par les haut-parleurs. Un coup de fil les attendait à la réception. Joshua devant impérativement arriver à l'heure à l'université, ce fut donc Chris qui répondit à sa place.

– Je monterai dans le prochain autobus, lança-t-elle, avant de revenir précipitamment sur ses pas.

– C'est un monsieur qui demande à vous parler, expliqua l'employé.

Chris saisit le combiné. Elle reconnut aussitôt la voix de Sam Waters, le standardiste de l'université du Nouveau-Mexique, à qui Keith Richard, le jeune étudiant chargé de veiller sur les loups, venait de demander de prévenir le Pr Lange que Toundra était sur le point de mettre bas.

Ça ne pouvait pas tomber plus mal : juste au moment où Joshua devait prononcer son fameux discours... Redoutant sa réaction, elle s'estima toutefois moralement obligée de le mettre au courant.

Elle retraversa lentement le hall, ruminant leur conversation de tout à l'heure, sans prêter garde aux commentaires admiratifs qui s'élevaient sur son passage.

La soirée lui laissait en effet un goût étrange. Venue s'étourdir en brillante compagnie, elle repartait passablement désenchantée, comme si elle avait découvert que le bonheur ne s'achète pas, fût-ce par le biais de la renommée, et que le charme n'est point affaire de pose ou de parure, mais une grâce naturelle qu'il suffit d'accepter. Joshua avait raison. Plutôt que de s'acharner à réussir par tous les moyens, ne valait-il pas mieux rester soi-même, et ramener les honneurs et les mondanités à de justes proportions ?

Libre à elle, donc, de mener sa vie comme bon lui semblait, sans se soucier du qu'en-dira-t-on, obéir à une étiquette précise ou rester esclave des convenances. Indifférente à l'opinion d'autrui, n'était-elle pas depuis toujours son propre juge ? A la différence près, et toutes les données des problèmes s'en trouvaient bouleversées, qu'elle attachait désormais une importance primordiale à l'avis de Joshua. Fallait-il qu'elle en soit amoureuse !...

Joshua faisait les cent pas devant l'amphithéâtre, une cigarette au bec, signe chez lui d'une grande nervosité. Le pauvre, il se faisait un sang d'encre à l'idée de tenir bientôt la vedette. Chris le héla joyeusement. Il sourit.

– Que me voulait-on ?

Elle hésita, puis très vite elle récita :

– Keith Richard te fait dire que Toundra s'est

terrée dans son gîte pour mettre bas, à en juger par l'attitude des autres...

Le regard de Joshua se voila. Il porta la main à son front.

— Ça ne m'étonne pas. Je craignais que cela arrive pendant mon absence.

Il se trouvait face à un dilemme : rester, et trahir ses principes, ou déclarer forfait et retourner au plus vite auprès de la louve, quitte à déclencher un scandale et à compromettre gravement la poursuite de son travail, tributaire de la générosité des individus ou organismes qui le parrainaient.

Soulignant les impératifs économiques auxquels il devait se plier, Chris l'adjura de ne pas tout gâcher sur un coup de tête, et d'attendre au moins d'avoir prononcé son discours avant de s'en aller.

C'était le bon sens même, et si gentiment dit... Il s'inclina.


Joshua évoqua avec un rare bonheur son travail et son amour de la nature devant un auditoire captivé, qui l'écouta dans un silence religieux. Assise au premier rang, Chris assista à son triomphe. Il conclut sous un tonnerre d'applaudissements.

Dédaignant les honneurs, il s'esquiva promptement pour prendre des nouvelles de Toundra.

— Elle a eu cinq petits, annonça Sam Waters, en contact radio permanent avec Keith Richard, qui avait regardé de loin avec des jumelles.

Radieux, Max Lange félicita chaudement son

fils, qui venait d'administrer une preuve éclatante de ses talents. Il ne put s'empêcher de lui faire la leçon, et d'espérer qu'à l'avenir il se montrerait moins sauvage et participerait activement à la vie scientifique.

Joshua ne lui donna aucune garantie à ce sujet, affirmant n'avoir en rien changé d'avis et ressentir toujours la même aversion pour la publicité et le décorum. Puis il l'informa qu'un événement de dernière minute l'obligeait à regagner précipitamment le Centre, et il lui demanda de l'excuser auprès de ses collègues.

Max Lange fronça les sourcils.

— Qu'y a-t-il?

— Toundra, une jeune louve, vient de donner le jour à une portée de cinq louveteaux. Je tiens à m'assurer que tout s'est bien passé.

C'était d'autant plus important, expliqua Joshua, qu'il comptait suivre le développement des bébés loups et mesurer ainsi leur faculté d'adaptation au monde de l'homme.

— Si ces animaux parvenaient à vivre en bonne intelligence avec l'homme, on cesserait de les pourchasser et ils ne seraient plus menacés d'extinction, conclut-il, sans même une pensée pour le Petit Chaperon rouge.

Une heure plus tard, Chris et Joshua grimpèrent dans un taxi pour regagner l'aéroport. Leur séjour à Phœnix n'avait duré que quelques heures.

— N'es-tu pas trop déçue de ce départ précipité? s'inquiéta Joshua.

— Non. J'ai hâte de retrouver la paix et la séré-

nité de la montagne, et aussi de voir les louveteaux.

— Quel changement, de ta part!

— Comprends-moi bien, répondit-elle : j'ai
adoré m'habiller et assister à une soirée élégante,
ça change un peu des loups! Mais cela m'a permis
également de démystifier bien des choses, et de
comprendre que tout dépend de l'état d'esprit
dans lequel on aborde ce genre d'événement, et
de la personne qui vous accompagne.

Joshua la prit tendrement par l'épaule.

— Je ferai tout pour te rendre heureuse, ma
chérie. Tu verras, nous sortirons beaucoup, et tu
pourras briller dans le monde.

Il lui captura le menton.

— Je t'aime, Chris. Je ne veux pas te perdre,
souffla-t-il.

Émue aux larmes par cet aveu inespéré, elle se
frotta voluptueusement à lui.

— Voilà si longtemps que j'attendais ça, murmura-t-elle en le caressant.

La présence du chauffeur les contraignait, bien
entendu, à un minimum de discrétion.

— J'essayais d'imaginer ma réaction, puis la
tienne, et tout ce qui s'ensuivrait... mais voilà,
murmura la tentatrice en précisant ses caresses, il
a fallu que tu m'annonces ça dans un taxi!

— Patience, ma chérie, lui glissa-t-il à l'oreille,
tu ne perds rien pour attendre. Il nous reste
encore les recoins de l'avion...

# 11

– NOUS sommes rentrés à temps. Encore un peu, et Toundra risquait de l'écraser sans s'en apercevoir. Pauvre bébé, déjà qu'elle a une patte cassée...

Dans un carton tapissé de journaux dormait un minuscule louveteau femelle, baptisé Véronique. Le vétérinaire lui avait posé une attelle, et avait recommandé de placer auprès d'elle une bouillotte, pour remplacer la chaleur de la mère.

– Ça semble l'avoir calmée. Elle ne pleure plus depuis dix minutes, observa Chris.

– Oui, et puis ça lui tiendra chaud pendant la nuit, ajouta Joshua avec le sourire.

– Dans combien de temps pourra-t-elle rejoindre les autres?

– Pas avant plusieurs semaines. Tout dépendra de l'accueil qu'ils lui réserveront avec son pansement.

– Autrement dit, raisonna Chris, en attendant, il faudra la nourrir au biberon, en espérant qu'elle se rétablisse vite.

Joshua opina du bonnet et jeta un coup d'œil au calendrier accroché à la porte.

— Nous nous relaierons pour lui donner à manger, expliqua-t-il.

— Combien de repas doit-elle faire par jour?

— Quatre ou cinq, suivant son appétit. Dès qu'elle sera sevrée, nous la reconduirons auprès de sa mère et de ses frères et sœurs. Normalement, si j'en crois mes observations antérieures, ils devraient l'accepter sans problème.

Il se pencha pour caresser la petite boule de fourrure grise et soyeuse qui respirait paisiblement au fond du carton à chaussures. Joshua tout craché, songea Chris : bourru, timide, efficace, et affectueux en diable.

Leurs regards se croisèrent.

— Voilà en tout cas qui nous oblige à réviser nos plans pour ce soir, soupira-t-il.

— Qui aurait dit que je me heurterais à des rivales aussi coriaces!


Entre le bébé loup, dont il fallait s'occuper constamment, et la seconde partie de l'étude à finir de rédiger puis à dactylographier, Chris et Joshua se livrèrent à un marathon épuisant tout au long de la semaine. Quand on sait que Chris devait aussi préparer un examen, on comprend qu'elle ait à peine eu le temps de dormir.

Cinq heures moins le quart. Elle boucla la dernière page et elle se leva pour se dégourdir les jambes. Affamée, elle constata avec dépit que le réfrigérateur était vide, hormis la nourriture des loups.

Joshua demeurait invisible. Il était parti au matin sans crier gare, et depuis il n'avait pas donné signe de vie. Bizarre...

Furieuse, elle guetta son retour. Il réapparut en début de soirée.

— J'ai une surprise pour toi! claironna-t-il.

Chris s'attendait au pire. Elle se trompait.

Pour la remercier d'avoir travaillé d'arrache-pied toute la semaine sans se plaindre, il avait décidé de l'emmener à l'opéra, où devaient se produire les danseurs étoile du Bolchoï, accompagnés par l'orchestre et le corps de ballet du Nouveau-Mexique.

Chris lui sauta au cou. Elle adorait la danse classique, et elle rêvait depuis toujours de voir en chair et en os les prestigieuses vedettes du théâtre de Moscou. N'était-ce pas là aussi apporter sa modeste contribution à l'amitié entre les peuples, en ces temps bénis de détente et de réconciliation internationale? Puisque les Russes boivent du Coca-Cola, elle pouvait bien faire l'effort d'assister au « Lac des Cygnes ». Mais elle craignait que Joshua se morfonde toute la soirée durant.

— Tu n'as pas peur de t'ennuyer? s'inquiéta-t-elle.

— Pas si tu es avec moi. Qui sait, peut-être vais-je me découvrir une subite passion pour le ballet, ajouta-t-il, sans apparemment la convaincre.

Elle promit de tout mettre en œuvre pour égayer sa soirée. Il sourit.

— Si tu veux, nous pourrions commencer par...

— Sois donc raisonnable, dit-elle en lui glissant des bras, c'est l'heure de s'occuper des loups.

160

– Et de leur maître... ne l'oublie pas, ajouta-t-il en s'avançant pour l'attraper.

Elle lui échappa en riant.

– Il est presque cinq heures. Ils doivent avoir faim.

– Et moi donc! répliqua-t-il, en lorgnant ostensiblement sa poitrine et ses hanches.

– A quelle heure cela commence-t-il?

– Tout de suite, si tu veux.

– Ne dis pas de bêtises, gloussa-t-elle en s'abritant derrière sa chaise.

– Ne t'inquiète pas. Nous avons tout le temps. Le spectacle ne débute pas avant huit heures.

– Ce n'est pas la peine de traîner. Il nous reste encore à nourrir les loups, puis à nous préparer et à passer chez moi, répondit Chris.

– Tout paraissait si simple, au départ..., soupira-t-il.

Chris enveloppa dans du papier la viande et les abats sortis du réfrigérateur qu'elle s'en fut ensuite porter aux loups en compagnie de Joshua.

– Je ferai l'impossible pour que cela marche entre nous, sache-le bien. Car je t'aime, ma chérie, je t'aime..., déclara-t-il en chemin.

Chris, qui avait les mains encombrées, railla son manque total d'à-propos et sa manie de choisir les pires moments pour lui faire de tendres confidences.

Il n'en disconvint pas et confessa sa maladresse.

– Il ne faut pas m'en vouloir, dit-il, je ne suis guère doué pour les discours.

Sa sincérité était poignante. Bouleversée, Chris rêvait de poursuivre cet entretien dans une tendre intimité.

– Allons-y.

– Cela viendra, ma chérie, ne t'inquiète pas, murmura-t-il, lisant dans ses pensées.

Un frisson lui parcourut l'échine. Chris distribua la nourriture et regarda les loups manger. Il en manquait un, son favori, ce brave Éclair.

– Je n'aime pas ça du tout. Il aurait dû se précipiter en nous voyant, gronda Joshua.

Chris vérifia derrière les rochers et à l'intérieur de son gîte, tandis que Joshua inspectait méthodiquement la clôture. C'est ainsi qu'il découvrit le pot aux roses.

– Je crois avoir trouvé, annonça-t-il.

Elle se précipita : caché par les broussailles, un trou avait été foré sous le grillage, par lequel l'animal s'était échappé.

– Penses-tu qu'il va revenir ? demanda Chris.

– Je ne sais pas, mais il n'y a pas de temps à perdre. Nous devons tout de suite partir à sa recherche. Qui sait, peut-être est-il resté dans les parages... Je voudrais éviter de signaler sa disparition aux gardes forestiers. Ils organiseraient une battue avec l'aide des fermiers, et ils n'hésiteraient pas à le tuer.

– On ne peut pas les laisser faire. Il faut absolument le retrouver, clama-t-elle.

Joshua lui donna un rouleau de corde.

– Voilà pour le tenir en laisse, si jamais tu le rattrapes. Prends aussi des morceaux de viande pour l'attirer, et n'oublie pas de lui en donner régulièrement tout au long du chemin.

Chris choisit de patrouiller le secteur nord, tandis que Joshua se dépêchait de reboucher le trou pour explorer les environs.

– Rendez-vous dans trente minutes. Si d'ici là nous ne l'avons pas trouvé, je préviendrai le shérif par radio.

– Ne pouvons-nous pas attendre une heure, au moins?

– Non. Un loup peut parcourir des kilomètres, pendant ce laps de temps. Je ne voudrais pas qu'il s'approche des fermes. Si on l'effraie, il risque de devenir dangereux, répondit Joshua.

Elle hocha tristement la tête.

– Bon, alors je pars tout de suite.

Chris n'avait pas fait trois cents mètres qu'elle entendit un hurlement caractéristique. L'animal n'était pas loin. Elle ne tarda pas à l'apercevoir, grimpé sur un rocher, qui la regardait fixement. Diable... Elle l'appela, puis elle s'approcha, ne réussissant qu'à l'effrayer. Éclair recula, la queue basse. Elle le gronda gentiment :

– Allons, Éclair, il est l'heure de rentrer, maintenant. Regarde, tu es plein de poussière...

Elle lui offrit un morceau de poulet. Il tendit la truffe et renifla, toujours sans bouger. Monsieur faisait des caprices; ou bien il voulait jouer. Changeant de tactique, Chris se cacha alors derrière un arbre. L'animal s'avança prudemment, et il engloutit la viande sans autre forme de procès. Encouragée par ce premier succès, Chris décida de le ramener petit à petit vers l'enclos, en l'attirant avec des abats. Ainsi fut fait. Ils progressèrent lentement, mais régulièrement. Le loup ne voulait toujours pas se laisser approcher, mais au moins il la suivait, poussé par la gourmandise. Bientôt, le Centre fut en vue.

— Allez, viens, Éclair. Nous sommes presque arrivés, dit-elle en lui donnant un gésier.

Méfiant, l'animal restait à distance respectable. Sale bête! Heureusement, elle avait emporté suffisamment de viande pour le ramener à bon port. Tout de même, Chris aurait été plus tranquille si elle avait pu le tenir en laisse. Elle sortait donc la corde de son sac quand elle entendit des pas. C'était Joshua.

— Tout est en ordre. Dans cinq minutes il sera de retour avec les autres! lança-t-elle joyeusement.

Pétrifié, Joshua contemplait la belle qui aguichait la bête.

— Ne t'approche pas. Il ne te connaît pas, dit-il à voix basse.

— Tu plaisantes! Éclair et moi sommes de vieux amis, maintenant. Il n'est simplement pas très obéissant, et il ne veut pas se laisser attraper, le vilain!...

— Éclair est déjà dans l'enclos. Je l'y ai reconduit moi-même il y a cinq minutes, annonça-t-il calmement.

— ...?

Le loup fixait le sac en grognant. Chris sentit sa gorge se nouer.

— Ce n'est pas possible! Mais... mais alors, si tu as retrouvé Éclair, quel est celui-ci?

Elle désigna le fauve, de plus en plus menaçant.

— S'agirait-il d'un animal sauvage? demanda-t-elle d'une voix étouffée.

— Je le crains fort, répondit-il, bien que cela soit étonnant dans la région.

Un grondement sinistre accompagna ses propos.

– Comment n'as-tu pas remarqué qu'il est d'un pelage plus clair que notre ami? Redonne lui vite du poulet!

– Il ne m'en reste presque plus, bredouilla-t-elle.

Glacée d'horreur, elle se serra contre Joshua.

– Qu'allons-nous faire?

– Grimper à un arbre. Pose ton sac et suis-moi, répondit-il après un court instant de réflexion.

Le loup décrivait de grands cercles autour d'eux en découvrant ses crocs.

Chris se récria, qui n'avait pas pratiqué ce genre de sport depuis des années.

– Je n'y arriverai jamais! gémit-elle.

– Fais ce que je te dis, commanda-t-il.

Elle obéit. Dès que le loup s'approcha du sac, elle recula précipitamment.

– Ne cours pas! Dirige-toi lentement vers ce gros sapin, ordonna Joshua.

– As-tu songé aux aiguilles?

– Préfères-tu avoir affaire à lui?

Joshua lui fit la courte échelle et l'aida à prendre place sur une grosse branche située à deux mètres du sol, où il la rejoignit en un clin d'œil.

Des touffes d'aiguilles perçaient son corsage et fouaillaient sa chair tendre. Chris s'ébroua, et pesta :

– Tu aurais quand même pu choisir un orme, ou un peuplier, au lieu de ce sapin de malheur!

Il s'esclaffa.

Compère loup montait la garde au pied de l'arbre, en mâchonnant le sac à dos.

– Et voilà, soupira Chris, encore une soirée à l'eau.

– Ne te désole pas, ma chérie. Quand j'ai vu que nous serions en retard, j'ai pris d'autres dispositions. Tu ne seras pas déçue, je te le promets.

Chris jeta un coup d'œil au vilain méchant loup.

– C'est incroyable qu'il ne m'ait pas attaquée.

– C'est parce qu'il voulait te garder pour le dessert, railla Joshua.

Vengeresse, elle lui mordilla le lobe de l'oreille. Plus sérieusement, il expliqua que, par une singulière perversité de la nature, les loups semblaient moins agressifs envers les femmes qu'à l'égard des hommes – comme quoi, décidément, il n'y a pas de justice en ce bas-monde.

– Je parie qu'il ne s'est mis à grogner qu'en me voyant, dit-il.

– C'est exact. A votre avis, professeur, combien de temps allons-nous rester perchés ici ?

– Demande-le-lui. Il n'a pas l'air de vouloir s'en aller, répondit Joshua.

– Ça pourrait durer toute la nuit.

– Nous trouverons bien le moyen de tromper le temps, affirma-t-il avec un sourire salace.

– Bas les pattes, professeur ! Sinon, je vous jette aux fauves !

– Petite effrontée, tu ne perds rien pour attendre !

A cet instant précis, l'animal, repus et satisfait, reprit le chemin de la montagne. Nos amis le regardèrent s'éloigner puis, quand il s'avéra que tout danger était écarté, ils quittèrent leur perchoir.

— Dépêche-toi de rentrer chez toi et de t'habiller. Je passerai te chercher dans deux heures, dit Joshua.

— Je ne suis pas sûre d'avoir la force de sortir ce soir. Ne pourrions-nous reporter cela à une autre fois?

— Pas question. J'ai tout prévu, ma chérie, et je te garantis que rien ni personne ne viendra désormais contrarier mes plans.

# 12

JOSHUA arriva vers neuf heures. Insupportable
d'élégance dans son costume cravate, il était
radieux, son zoologiste adoré, et fier comme Arta-
ban.

Il l'admira longuement.

— J'aime beaucoup ta robe, déclara-t-il avec sa
simplicité habituelle.

Prise dans un affriolant jersey gris, au décol-
leté plongeant, et d'autant plus hardi qu'aucun
bijou ce soir ne le disputait aux grâces entre-
vues, Chris était exquise, et dangereusement
troublante.

— Je suis contente qu'elle te plaise, répondit-
elle, flattée.

— Je t'ai préparé une soirée surprise, ma chérie. Pour commencer, j'ai loué une voiture.

— Ce n'était pas la peine, coupa-t-elle mala-
droitement.

— Puisqu'il est trop tard pour aller à l'opéra,
j'ai réservé une table chez *Maria Luisa*, annonça-
t-il.

S'agissant du meilleur restaurant de tout l'État

du Nouveau-Mexique, Chris ne cacha pas son excitation.

– Comment as-tu réussi à trouver une place? s'étonna-t-elle.

– Le gérant est l'un de mes anciens étudiants. Grâce à lui, nous dînerons dans un salon privé, expliqua-t-il.

Chris n'était pas au bout de ses surprises.

– Ce n'est que le début, ajouta-t-il, avant de préciser qu'ils devaient ensuite terminer la soirée au concert.

Chris tombait des nues, sidérée par tant de luxe et de prodigalité de la part de quelqu'un qui détestait sortir. Les faits parlant d'eux-mêmes, il voulait ainsi, dit-il, lui témoigner ses sentiments.

Une somptueuse limousine, bardée de chromes rutilants et dotée de tous les perfectionnements imaginables, attendait devant la porte. Chris prit place sur la banquette moelleuse et capitonnée, auprès de son beau cavalier.

– Tu as l'air stupéfaite, ma chérie, observa-t-il, visiblement ravi de son effet.

– Je ne m'attendais pas à ça, répondit-elle, éblouie par ces fastes royaux.

– Que ne ferais-je pour toi..., susurra-t-il en lui octroyant un baisemain.

Un silence ému accompagna ce geste délicat. Bouleversée, Chris lui exprima sa gratitude.

– Quand as-tu eu l'idée de me réserver de pareilles surprises? demanda-t-elle ensuite.

– Lorsque j'ai vu tout à l'heure qu'à cause d'Éclair nous ne pourrions assister au spectacle de danse, j'ai opté alors pour une solution de rem-

169

placement et j'ai demandé à Sam Waters de passer quelques coups de fil à ma place, répondit-il avec un sourire frondeur.

— Quand je pense, pouffa Chris, que nous avons failli passer la soirée dans un arbre!

— J'avoue que la vie avec toi est parfois... périlleuse! plaisanta-t-il.

Ils s'esclaffèrent. Joshua lui expliqua ensuite que sa rencontre avec le loup dans le bois avait connu un dénouement insolite et heureux : parfaitement dressé, et donc inoffensif, l'animal appartenait en fait à un garde forestier, chez qui il était retourné de lui-même après sa petite escapade.

— Crois-tu qu'Éclair s'est échappé pour le suivre? demanda-t-elle.

— Je ne sais pas. Il faudra que je vérifie les traces de pattes de chaque côté du grillage. Mais au diable les loups! Ce soir, je ne veux pas en entendre parler! clama-t-il en se penchant pour lui voler un baiser.

Le restaurant était situé dans le quartier historique de la ville, pratiquement inchangé depuis l'époque de la Conquête de l'Ouest, et fort prisé des touristes et des noctambules en raison de son architecture traditionnelle.

Lieu de prédilection de tous les gastronomes du Nouveau-Mexique, grâce au talent du jeune chef français qui tenait les fourneaux, l'endroit était bondé, et de superbes voitures s'alignaient sur l'esplanade.

— Nous y voilà, claironna Joshua.

— Si tu savais comme je suis heureuse de dîner

ici ce soir! On m'a tellement parlé de *Maria Luisa*!... s'exclama Chris en battant des mains comme une enfant.

Ils s'arrêtèrent devant l'entrée. Le gardien du parking aida Chris à descendre, puis il s'en fut garer le véhicule après que Joshua lui eut donné les clés.

Un chasseur en livrée les accueillit dans le hall. Joshua se présenta. L'homme s'inclina obséquieusement.

– Nous vous attendions, professeur. Vos instructions ont été respectées à la lettre.

Comme la plupart des constructions traditionnelles dans cette région fortement marquée par l'influence mexicaine, le cadre somptueux évoquait les fastes d'une riche hacienda, avec murs en pisé garnis de colombages, poutres apparentes et carrelage en brique.

Dans un boudoir ouvrant sur un patio où jaillissait une fontaine, une table était dressée, éclairée aux chandelles, ornée de vaisselle fine et de couverts d'argent.

Les doux accents d'un orchestre de chambre invitaient au délassement et aux tendres confidences. Là encore, ce n'était point le fruit du hasard, Joshua lui-même, ainsi qu'il l'expliqua, ayant choisi le répertoire.

Ils prirent place.

– Je te dois tant, ma chérie : tu m'as apporté soutien, réconfort, et ta précieuse collaboration, sans jamais te plaindre de mes sautes d'humeur ou de mes récriminations, déclara-t-il en la regardant avec émotion.

171

Chris rougit et baissa les yeux devant le compliment. Le serveur emplit sa coupe d'un nectar sublime, mûri dans les caves les plus prestigieuses de Bourgogne. Elle attendit son départ pour répondre :

— Au début, je te trouvais totalement insupportable, et j'étais à cent lieues d'imaginer que cela tournerait ainsi. Mais voilà, conclut-elle avec le sourire, la vie ménage toutes sortes d'imprévus, et je n'ai pas tardé à me raviser.

— Moi de même, Chris, gloussa-t-il en songeant à leur prise de contact passablement mouvementée.

Son visage redevint grave.

— Je veux que tu sois heureuse, Chris, j'y tiens absolument, sinon la vie n'aurait plus de sens pour moi. Si par malheur tu devais me quitter, je ne m'en remettrais jamais, dit-il d'une voix vibrante, salué par un crescendo exalté qui leur fit interrompre leur conversation.

Il sourit.

— J'espère que la musique ne te dérange pas...

— Pas du tout, répondit Chris.

Il se donnait tellement de mal pour lui faire plaisir qu'elle n'eut pas le cœur de lui dire que tout ce luxe était superflu, dès lors qu'ils passaient la soirée ensemble en amoureux. Comment le lui expliquer sans risquer de le vexer ?

Le dîner commença. Il s'avéra parfait à tous points de vue : cuisine haut de gamme, doublée d'un service discret et stylé. Chris lui exprima sa gratitude.

— Je te promets une soirée de ce genre tous les quinze jours, déclara-t-il.

Elle tenta de faire comprendre que cela n'était pas nécessaire, mais il la coupa :

– Et maintenant, voilà la deuxième surprise, annonça-t-il, triomphant.

Il posa sur la table un double abonnement pour l'opéra. Chris fit un petit sourire contraint. Elle détestait l'opéra, et nul doute qu'il en aille de même pour lui. A quoi bon se livrer à cette comédie, sinon, une fois de plus, pour ne pas le froisser ? Joshua consulta sa montre.

– Ne nous attardons pas. La représentation débute dans trois quarts d'heure.

Ils finirent donc de manger et avalèrent rapidement un café. Chris aurait préféré prendre son temps et discuter en sirotant le digestif. Mais Joshua était pressé. Ils remontèrent en voiture et traversèrent l'agglomération à vive allure, en se faufilant parmi la circulation du samedi soir.

– Je tiens absolument à arriver à l'heure, expliqua Joshua, car Chris montrait quelques signes d'inquiétude.

Il s'engagea brusquement sur l'esplanade jouxtant le Palais de la musique, un nouvel édifice, fonctionnel et parfaitement hideux, dernier caprice du gouverneur de l'État, grand bâtisseur devant l'Éternel. On donnait ce soir le *Freischütz* de Carl Maria von Weber – encore un Allemand –, œuvre culte pour les aficionados, ce qui, hélas, était loin d'être le cas de nos amis, plus friands de country music que d'opéra romantique. Chris et Joshua étaient, on l'a dit, des gens simples, avec des goûts ordinaires. Par souci de délicatesse, ni l'un ni l'autre n'avouèrent toutefois leur profond désintérêt pour l'art lyrique. Sauf peut-être Chris, qui lui tendit la perche :

— Es-tu sûr de ne pas t'ennuyer? demanda-t-elle.

— Avec toi? Jamais de la vie, mon amour! clama-t-il en lui pressant la main.

Malgré une distribution éclatante, une direction d'orchestre impeccable, des chœurs brillants, et une mise en scène remarquable, nos deux comparses s'ennuyèrent à mourir deux heures durant. Chris, surtout, avait des fourmis dans les jambes, et un début de migraine. Quant à Joshua, il prenait son mal en patience et souffrait en silence. Ils poussèrent donc un ouf de soulagement lorsque le rideau retomba.

— La nuit est douce, observa Joshua, en regagnant la limousine.

— Cela me donne une idée, déclara Chris.

— Laquelle?

Il lui prit la main et lui sourit tendrement.

— Je t'écoute, ma chérie. Cette soirée est la tienne, murmura-t-il.

— Que dirais-tu d'aller faire une balade dans les bois au clair de lune?

Le visage de Joshua s'éclaira.

— Tu parles sérieusement? Tu ne dis pas ça pour me faire plaisir?

— Non. Mais même si c'était le cas, il n'y aurait là rien d'étonnant ou de choquant. Quoi de plus normal, en effet, que de penser à l'autre?

Joshua réfléchit un instant avant de monter en voiture.

— Je ne voudrais pas l'abîmer, songea-t-il en se grattant le menton.

174

– Le 4 × 4 est toujours garé devant chez moi. Pourquoi ne pas repartir avec? Je reconduirai la voiture demain à l'agence de location, suggéra Chris.

Il lui jeta un regard intense.

– Chaque chose en son temps. Nous réglerons tous ces détails demain, conclut-il, laissant entendre ainsi que la soirée n'était pas terminée.

– D'accord, ma chérie. Les bois, le clair de lune, et toi à mes côtés... Rien de tel pour me mettre l'eau à la bouche, murmura-t-il sur un ton éloquent.

– Hum... Je ferais peut-être bien de me méfier. Ça me rappelle l'histoire du Petit Chaperon rouge, répondit-elle avec un sourire ingénu.

– Oui, car cette fois, pas de quartier! Le vilain méchant loup va croquer la mignonne!

Laquelle n'en demandait pas moins. Victime consentante, la belle rêvait d'offrir ce soir sa chair à la bête goulue.

– Quel programme..., soupira-t-elle, pour masquer son émoi.


Demeurés seuls après le départ de Keith, Chris et Joshua se regardèrent en silence, assis dans la cuisine. Chris s'efforçait de rester calme. Difficile, quand le désir bouillonne dans vos veines, et que l'homme de votre vie vous couve des yeux.

– Tu aurais dû attendre que Keith soit parti pour te changer, déclara Joshua sans émotion apparente.

– Pourquoi? demanda-t-elle, d'une voix mal assurée.

175

– Parce que j'aurais pu te donner un coup de main.

Un frisson délicieux lui parcourut l'échine.

– Je m'en souviendrai pour la prochaine fois. Déglutissant avec peine, elle poursuivit :

– Bien entendu, si tu le permets, je peux t'aider à enlever ton costume, ajouta-t-elle hardiment.

Mais les hommes sont étranges, et tellement déconcertants... Monsieur refusa. Oui, il trouvait l'idée hâtive et prématurée. Elle s'étonna. Pourquoi pas ? Aurait-il peur ? Non point, répondit-il, mais un plaisir différé est promesse de voluptés infinies, la précipitation ôtant tout charme et tout mystère à la conquête, et profanant les plus sublimes accomplissements. Ça se discute. Pas avec Joshua. C'était un sentimental ; allez comprendre !

Joshua passa dans sa chambre. Désappointée, et aussi bouillante d'impatience, Chris guetta son retour. Il revint vêtu d'un jean et d'une chemise de coton bleu au col grand ouvert sur un torse hâlé.

– Allons faire cette balade au clair de lune, dit-il en lui jetant un regard dénué de tout équivoque.

Était-ce la fraîcheur du soir, la nuit qui s'avançait, les moucherons qui bourdonnaient aux carreaux, ou bien la longue et lancinante mélopée des loups qui hurlaient à la lune... ou bien la main de Joshua dans la sienne ? Chris en avait la chair de poule.

Ils marchèrent quelque temps à travers la forêt bruissante de mystères. Chris suivait son guide dans un silence ému. Chaque seconde qui passait aggravait encore son trouble, et la fascination qu'il exerçait sur elle. Elle aimait ce grand diable au cœur d'or, sa façon de marcher en balançant légèrement les épaules, ses gestes précis et décidés, ses longs doigts mêlés aux siens, jusqu'au discret parfum de sa peau mate et nerveuse.

Ils s'arrêtèrent au pied d'un arbre, à flanc de coteau. En bas courait un ruisseau. Joshua écarta l'herbe.

– Viens...

Elle le suivit docilement.

– Si tu savais à quel point je suis heureux de t'avoir rencontrée! Depuis toujours je cherchais une femme comme toi, déclara-t-il à mi-voix.

Plongeant la main dans l'or de sa chevelure, il la prit par la nuque et réclama le baiser tant attendu, qu'elle lui rendit avec une fougue alarmante. Veillés par la lune et les sapins complices, nos deux tourtereaux s'embrassèrent à souffle éperdu.

– Nous nous accordons si bien, ma chérie...

Sous ses doigts, elle le sentait palpiter.

– Jamais je n'ai connu femme aussi sensuelle, aussi désirable.

Elle enfouit la tête contre son épaule.

– Je ne pouvais faire mieux que de tomber amoureuse de toi, répondit-elle en un murmure.

Ils se regardèrent. Une douce brise leur agitait les cheveux et caressait leur peau brûlante.

– Au départ, je pensais juste faire un tour avec toi et te ramener ensuite dans ma chambre, dit-il d'une voix étranglée de désir, mais je ne pourrai pas attendre jusque-là.

L'air était suffocant, tel le vent torride soufflant sur le désert.

Il enfouit la main dans sa chevelure et réclama un baiser.

— Que ressens-tu pour moi, Joshua ? Dis-le-moi encore, balbutia-t-elle entre deux soupirs.

— Je t'aime, ma chérie, répondit-il en semant une pluie de baisers sur sa joue et au pli de son cou.

Il la déshabilla. Elle fit de même avec lui, ajoutant de tendres attouchements qui lui arrachèrent un gémissement.

— Veux-tu que j'arrête ?

— Non... ou plutôt si.

— Voilà bien les hommes, incapables de se décider, railla-t-elle, aggravant son cas.

Posant sa chemise sur l'herbe parfumée, il l'invita à s'y installer.

Il l'embrassa, tout doucement pour commencer, puis avec une affolante avidité. Arquée entre ses bras, elle subit alors l'assaut voluptueux de sa bouche sur les trésors de sa chair. Avec une lenteur calculée et presque insupportable, il titilla à l'envi le galbe et la pointe de ses seins, dressés et frémissants.

— Comme tu es belle, ma chérie...

— Viens...

— Non, pas encore, souffla-t-il en poursuivant l'exquise torture en des endroits plus chers et plus secrets encore. Sa langue aventureuse et précise rivalisait d'adresse avec ses doigts experts pour infliger aux joyaux de sa féminité de sublimes outrages, dévoilant les mystères enfouis,

178

explorant hardiment la voie royale de l'amour, sans non plus dédaigner les chemins de traverse. Après avoir ainsi ouvert les portes du temple, il pénétra en ces lieux consacrés pour y commettre l'ultime profanation et danser avec elle un sabbat frénétique et endiablé, dans une explosion de voluptés, jusqu'à l'embrasement final...

Les grillons chantaient sous les étoiles.

— Nous ne pouvons pas rester ici, soupira Chris.

— Mais si. De toute façon, je suis bien trop épuisé pour rentrer maintenant.

— N'as-tu pas envie d'aller dormir?

— Non, j'ai une meilleure idée.

— Hum... et après ça tu me diras que tu es fatigué! gloussa-t-elle tandis qu'il s'approchait de nouveau.

En gage de bonne foi, il la convia alors à prendre les rênes et il se laissa aimer. Amazone chevauchant sa monture, Chris imprima un mouvement lent et régulier à ses hanches; lui l'accablait de caresses et de mots tendres. Admiratif, il loua à voix haute ses talents et cet art consommé de le conduire sans jamais l'épuiser.

— Alors professeur, ai-je enfin réussi mon examen de passage? demanda la sauvageonne.

— Continuez, ma chère. Je vous donnerai une réponse plus tard.

# 13

CHRIS achevait de corriger les derniers examens de la session de juillet. D'ici une semaine, on lui décernerait officiellement son doctorat, ce qui couronnerait des années d'étude et de travail assidu. Son avenir toutefois demeurait incertain, et elle n'avait toujours pas reçu de réponse de l'université auprès de laquelle elle avait sollicité un poste d'assistante.

Elle fit une pause et jeta un coup d'œil au Bulletin de zoologie qui publiait in extenso la seconde partie de l'étude de Joshua consacrée aux loups. A peine sortie, celle-ci faisait déjà figure de classique dans les milieux autorisés.

Que de chemin parcouru depuis leur première rencontre! Pourtant, il subsistait encore des zones d'ombre qu'il lui appartenait d'éclaircir au plus vite afin d'éviter tout malentendu et de construire leur couple sur des bases saines et solides. Joshua multipliait les gages de bonne volonté et les démonstrations d'amour. A charge pour Chris de lui expliquer maintenant qu'elle aussi avait évolué et que, loin de rêver comme jadis d'une existence brillante, elle n'aspirait plus désormais qu'à une vie simple et champêtre au côté de son amoureux – et, qui sait, futur mari... Cela supposait d'engager une longue discussion avec lui, ce qui dans l'immédiat était exclu, vu tout le travail qui lui restait.

Joshua entra dans le bureau, l'air surpris et quelque peu décontenancé.

– Tu ne devineras jamais ce que l'on vient de m'annoncer, dit-il.

Chris se leva et vint à sa rencontre, vaguement inquiète.

– Qu'y a-t-il?

Il grimaça un petit sourire.

– On vient de me proposer de diriger le programme de réintroduction des loups dans leur milieu naturel, dans le cadre de la politique de sauvegarde des espèces menacées. C'est l'occasion unique de mettre à profit les résultats de mes recherches, déclara-t-il.

Le hic étant que s'agissant d'un poste de responsabilité au ministère de l'Environnement, il lui faudrait déménager à Washington, c'est-à-dire à l'autre bout du pays.

– Tu vas donc quitter tes loups et ta montagne, observa tristement Chris, qui se voyait déjà seule et abandonnée.

– Oui, répondit-il, l'air funèbre.

Il s'assit à son bureau.

– Il y a tout de même une bonne nouvelle, ajouta-t-il.

– Laquelle?

– Tu m'accompagneras, ma chérie, en qualité

**181**

d'assistante. Je ne vois personne de plus qualifié que toi pour occuper ce poste.

— Tu veux que je te suive à Washington? lança-t-elle, entre le rire et les pleurs.

— Exactement.

Il fronça les sourcils.

— Tu n'imaginais tout de même pas que je t'abandonnerais?

Il plissa les yeux.

— Ma parole, si... Tu as cru que j'allais te quitter!

Il se précipita vers elle et l'enlaça follement.

— Comment peux-tu penser une chose pareille! Je t'adore, Chris, même si parfois je ne te comprends pas. Tu verras, ma chérie, ce sera une expérience passionnante pour tous les deux. Tu pourras sortir et profiter de la grande ville, tandis que j'aurai la satisfaction d'œuvrer à la sauvegarde des loups et de diriger leur réimplantation dans des zones où ils ont actuellement disparu, clama-t-il sur un ton véhément.

Chris était loin de partager son enthousiasme, réel ou simulé. Elle se dégagea.

— Es-tu bien sûr de ne pas le regretter ensuite? As-tu songé à tout ce que tu vas perdre en allant t'installer là-bas? demanda-t-elle.

En réponse, il souligna l'enjeu capital de sa nomination, qui devrait lui permettre de sensibiliser l'opinion publique à la défense de nos amis les loups, si injustement décriés, et non moins cruellement pourchassés.

Il n'empêche, rétorqua-t-elle, qu'il risquait de vite déchanter, et de se morfondre comme une âme en peine, enfermé toute la journée durant dans un bureau. Sans même parler de toutes ces soirées mondaines auxquelles il serait tenu d'assister, et qu'il détestait cordialement.

– Crois-tu vraiment pouvoir t'adapter à ce genre de vie?

– Oui, ma chérie, du moment que tu restes avec moi. Car tu m'accompagnes, n'est-ce pas?

– Quelle question! Avec toi, j'irais au bout du monde, répliqua son amie.

– Je dois être demain à Washington pour rencontrer des officiels du ministère et obtenir quelques précisions sur l'organisation de mon travail, expliqua-t-il, avant d'ajouter qu'il passerait la nuit dans la capitale.

Chris n'en tira guère plus. Son avion partait en début de soirée, ce qui lui laissait juste le temps de revenir au Centre pour faire ses bagages.

Outre sa tristesse de devoir bientôt quitter la campagne, Chris était désolée de constater qu'en cherchant à se rapprocher l'un de l'autre ils n'avaient fait au fond que se croiser et inverser les rôles : ironie de l'existence; par un cruel paradoxe, elle s'était découvert un amour pour la nature, au moment où Joshua décidait de poursuivre sa carrière dans la capitale... Le malaise s'aggravait. L'avenir lui parut soudain bien sombre, et la situation de plus en plus confuse.

Joshua revint lui dire au revoir en début de soirée. Entre-temps, elle avait reçu un coup de fil du président de l'université, qui lui laissait un dernier espoir de le faire revenir sur sa décision. On venait en effet de lui décerner le Prix spécial de la Recherche, pour couronner ses récents travaux sur les loups.

— Toutes mes félicitations, professeur! lança-t-elle joyeusement en lui volant un baiser.

Il la serra tendrement dans ses bras et se déclara flatté d'être l'objet de tant d'honneurs. Mais cela n'affecta en rien son désir de déménager à Washington. Elle tenta de le raisonner, soulignant l'importance de sa mission d'enseignant qui lui permettait de transmettre à de jeunes esprits son amour des animaux et de la nature. N'était-il pas de son devoir de rester fidèle au poste? Sous prétexte de rechercher une audience plus vaste, ne lâchait-il pas, en fait, la proie pour l'ombre?

Indiscutablement, ses propos le troublèrent. Il sembla hésiter, une profonde tristesse se lut sur son visage. Mais il se reprit aussitôt :

— Il faut que je me dépêche, ma chérie. Il me reste encore à récupérer des documents que j'ai confiés à mon père. J'ai juste le temps de faire un saut chez lui avant mon départ. L'avion décolle dans moins d'une heure, déclara-t-il.

Il griffonna un numéro de téléphone sur son bloc-notes.

— Tiens, dit-il, au cas où tu aurais besoin de me joindre...

— Veux-tu que je te conduise à l'aéroport? demanda-t-elle, songeant qu'ils auraient ainsi l'occasion de parler en chemin, et que peut-être elle parviendrait à le faire renoncer à ces funestes projets.

– Non, répondit-il, je préfère que tu finisses de corriger ces copies. Tu dois les remettre demain matin au secrétariat.

– Comme tu voudras, soupira-t-elle, désabusée.

Il sourit et lui planta un baiser sur le front.

– Nous aurons tout le temps de discuter à mon retour, ma chérie. Je te le promets.


Pour Chris, les deux jours suivants furent sinistres. Réflexion faite, elle était maintenant persuadée que c'était uniquement pour elle qu'il avait accepté ce poste, et qu'il s'apprêtait à sacrifier tout ce qui lui tenait personnellement à cœur dans le seul but de lui assurer l'existence dont il croyait à tort qu'elle rêvait. Plus que jamais, une franche discussion s'imposait. Mais ne serait-il pas alors trop tard ?

Le retour de Joshua coïncidait avec la réception organisée en son honneur par les autorités universitaires, au cours de laquelle on devait lui remettre solennellement le Prix spécial de la Recherche. Chris s'était donc habillée en conséquence, choisissant une élégante robe de cocktail noire. Normalement, elle aurait dû sauter de joie. Mais ce soir, le cœur n'y était pas, et il lui en coûtait de s'acquitter de cette pénible obligation.

Elle sursauta en entendant sonner. Il était rentré ! Elle se précipita.

– Salut ! Entre.

Il l'enveloppa dans ses bras.

– Vilaine !... Est-ce ainsi que l'on accueille son Joshua adoré ?

Elle s'esclaffa.

– Je n'attend que vous, professeur, pour m'enseigner les bonnes manières, répondit-elle en picorant sa gorge et son menton.

– Vos désirs sont des ordres, ma chère, dit le loup avant de se jeter sur sa proie pour la dévorer.

Sa bouche, d'abord, engloutie par la sienne. Un baiser sauvage, primitif, animal. Mais la bête affamée n'allait pas se contenter de ces quelques hors-d'œuvre. Il voulait tout, son beau croquemitaine. Il referma la porte du pied, saisit la mignonne et la bascula contre le mur. Sa robe ne fut bientôt plus qu'un chiffon pendu à ses hanches. Troussée, dépoitraillée, la pauvrette excitait à son corps défendant le furieux appétit de l'ogre qui s'apprêtait à consommer son forfait, quand elle lui représenta en termes nets et précis l'urgence de modérer ces ardeurs intempestives.

Que pensez-vous qu'il fit? Il poursuivit.

– Ah! non, lui dit-elle, fâchée, tu ne vas pas recommencer!

– Oh! que si!...

– Tout à l'heure.

Comme tous les hommes de son espèce, les sanguins, ceux qui agissent au gré de leurs impulsions et qui représentent en quelque sorte la quintessence de l'homme, il n'aimait pas qu'on le contredise ou qu'on le prive de dessert. Monsieur fit un caprice. Puisque c'était comme ça, dit-il, il resterait à la maison, na! Chris s'insurgea :

– Enfin, mon chéri, sois raisonnable! On n'attend que toi, là-bas.

– Non, je n'irai pas.

– Cesse de dire des bêtises et lâche-moi!

– D'accord...

Il remonta tristement son vêtement. Elle se rhabilla à la hâte. Penaud, montrant une mine de chien battu, il consentit à la suivre.

Mais il ne fallait pas s'y tromper. Sous ses airs mortifiés, il jubilait. Car s'il venait de perdre la première manche, il n'en était pas moins sûr de remporter la seconde. Joshua réservait en effet à Chris une surprise de sa façon.

De par son statut de collaboratrice attitrée du Pr Joshua Lange, la petite Chris Lassiter se vit tout naturellement associée au triomphe de son idole, privilège insigne qui lui valut l'admiration pressante de ces doctes zoologistes. Aussi notre amie fut-elle très sollicitée ce soir-là, lors de la réception donnée en l'honneur de son Joshua adoré. On lui récita mille douceurs et compliments fleuris. Des quinquagéniaires ventripotents, mariés et pères de famille, venaient à la queue leu leu lui roucouler des bêtises, l'œil humide, la voix sucrée. Ayant pour la plupart laissé comme il se doit Madame à la maison, ils avaient pour la très chère des hardiesses ridicules d'adolescents boutonneux énamourés, c'est-à-dire qu'ils n'arrêtaient pas de causer. Grotesque, et d'un lassant! Chris rongeait son frein. Son gros orteil droit commençait à la démanger furieusement...

Oui, elle avait les nerfs en pelote, et une envie folle d'envoyer promener tous ces raseurs. Quelqu'un, enfin, lui tint des propos sensés. M. le doyen en personne lui annonça la grande nouvelle : on lui offrait un poste d'assistante à l'université! Chris se déclara ravie, et flattée d'un tel honneur. Mais hélas, ajouta-t-elle, il lui fallait un délai de réflexion avant de se prononcer définitivement.

Finaud, le doyen Oates, qui avait consacré sa vie à l'étude des libellules, devina qu'il y avait anguille sous roche, autrement dit du Joshua dans l'air, et que le Petit Chaperon rouge était tombé amoureux du loup.

Chris n'en disconvint pas qui, sans pudibonderie, confessa le tendre sentiment qui l'unissait au grand homme, son Joshua, qu'elle suivrait jusqu'au bout du monde, et même à Washington, quitte à sacrifier sa carrière à l'amour. Le doyen l'écouta gravement. Puis, à sa demande, il promit bien sûr de ne point ébruiter la confidence. Tout de même, observa-t-il, elle avait intérêt à y réfléchir à deux fois avant de refuser.

— D'ailleurs, conclut-il, Joshua n'a encore pris aucune décision.

Pauvre Chris, écartelée entre l'amour et la raison! Tout son être se rebellait à l'idée de devoir quitter sa chère montagne et ses loups pour aller fréquenter le gratin huppé de la capitale. Mais d'un autre côté, elle n'imaginait pas vivre loin de Joshua. Affreux dilemme, cruelle ironie de l'existence qui sépare ceux qu'elle unit et rapproche ceux qu'elle éloigne... Et ces idiots qui ne cessaient de jacasser! De l'air! Chris sortit prendre le frais sur la terrasse.

Une main se posa sur son épaule.

— Tu boudes! Allons, ma chérie, dis-moi ce qui te chagrine.

Joshua la fit pivoter et il lui captura le menton.

— Pourquoi cet air triste, un soir pareil? N'est-ce pas ce que tu voulais?

— J'ai tout gâché, bredouilla-t-elle.

— Comment cela? Je ne comprends pas.

Il la poussa vers un banc.

— Ce n'est pas raisonnable, Joshua. Que vont penser les gens? protesta-t-elle.

— Ne t'en fais pas, répondit-il plaisamment, mon père trouvera bien une excuse. D'ailleurs, il a l'habitude, n'est-ce pas? ajouta-t-il en faisant une allusion malicieuse à leur cocasse mésaventure, le soir de la remise des Palmes académiques à Max Lange.

Chris pouffa. Son visage redevint grave. Elle se mordit la lèvre.

— J'ai... je ne sais pas comment t'annoncer ça, bafouilla-t-elle.

— Dis toujours.

— Voilà...

Depuis son enfance, expliqua-t-elle, elle avait toujours rêvé du Prince Charmant, qu'elle imaginait sous les traits d'un homme brillant, doté d'une situation enviable, avec qui elle partagerait une existence dorée et l'ivresse de la réussite. Ses vœux avaient été exaucés au-delà de toute espérance. Elle était désormais la compagne d'un zoologiste prestigieux, promis à une carrière exceptionnelle, qui rejetterait dans l'ombre les mérites de son illustre père. Apparemment, elle avait tout pour être heureuse, et pourtant elle se désespérait à l'idée de devoir bientôt abandonner les plaisirs agrestes du Nouveau-Mexique pour le charme douteux des nuits washingtoniennes. Car l'amour avait bouleversé les cartes, et engendré de nouvelles priorités. Sa vie s'ordonnait désormais autour de lui, Joshua, auprès duquel elle avait découvert le sens des vraies valeurs et retrouvé le goût des choses simples. Du coup, les mondanités avaient perdu tout prestige à ses yeux, et elle renonçait allègrement à ses ambitions antérieures.

— Tant pis si je suis folle, lança-t-elle, pourvu que tu restes avec moi!

— Ma chérie...

— Chut..., dit-elle en lui posant le doigt sur la bouche, ce n'est pas tout.

Tant qu'à lui livrer le fond de son cœur, autant le faire maintenant. Elle n'avait que trop attendu!

— Je n'ai besoin que de toi, de toi seul, pour être heureuse, ajouta-t-elle, la voix brisée.

Elle s'interrompit un instant.

— Je suis prête à te suivre à Washington si tu y tiens absolument. Mais je t'en supplie, réfléchis à deux fois avant de prendre une décision. Songe à tout ce que tu vas perdre en t'en allant. Que vas-tu devenir sans ta montagne et tes loups?

Il l'étudia longuement, puis il sourit.

— Comme j'aime t'entendre parler ainsi..., murmura-t-il en se penchant pour l'embrasser.

Un suave et langoureux baiser scella ces émouvantes retrouvailles. Éblouie, l'âme légère et le cœur en fête, Chris but à longs traits à la coupe de ses lèvres, sans une pensée pour les gens qui allaient et venaient devant la porte.

Joshua eut la présence d'esprit de mettre un

terme provisoire à ces tendres effusions avant que leur conduite ne devienne franchement inconvenante.

— Arrêtons pour l'instant, dit-il, sinon je ne réponds plus de rien.

Chris frétilla d'aise et soupira. Il la regarda droit dans les yeux.

— Es-tu bien certaine de ne pas te tromper? Ne vas-tu pas ensuite me reprocher de vivre comme un ours?

Elle lui prit la main et la pressa sur sa joue.

— Non, au contraire.

— Je ne voulais pas m'en aller, expliqua-t-il. C'est à cause de toi que j'ai demandé ce poste à Washington, parce que je pensais que tu sauterais de joie. Je ferais n'importe quoi, ma chérie, pour te rendre heureuse.

Chris l'écoutait, médusée.

— Ma vie a pris un cours nouveau depuis que je t'ai rencontrée. Grâce à toi, j'ai trouvé le juste milieu entre le travail en solitaire qui m'a toujours séduit et le maintien d'un minimum de contacts professionnels.

Émue aux larmes, Chris se leva et se pendit à son cou.

— Te rends-tu compte que nous n'avons cessé de faire des concessions, l'un et l'autre? Comment veux-tu que ça ne marche pas entre nous?

Pour toute réponse, il l'embrassa.

— Dites donc, vous deux! Je vous y prends, petits voyous! En voilà des manières... Tout le monde vous attend, et on commence à se demander où vous êtes passés, gronda Max Lange en affectant un air courroucé.

Chris baissa les yeux et croisa les mains dans le dos. Joshua grommela entre ses dents.

Max Lange s'esclaffa.

— Nous vous rejoignons tout de suite, dit Chris.

Leur petit entretien n'était pas passé inaperçu. On ne parlait même que de ça, autour du buffet.

— Ah! vous voilà! lança le doyen Oates.

Il finit son verre et posa son assiette.

— Est-ce vrai que vous songez à nous quitter? demanda-t-il en les escortant tous les deux jusqu'à l'estrade.

Un collègue de Joshua se précipita.

— Permettez-moi de vous serrer la main, mon cher! C'est un grand honneur pour nous tous, et une journée mémorable pour la zoologie, clamat-il en lui écrasant les phalanges.

Tout le monde voulait le féliciter. Cerné par une nuée d'admirateurs, Joshua mit dix minutes à parcourir les derniers mètres. Jusqu'à miss Elwell, pourtant si convenable, qui lui sauta au cou pour l'embrasser... Comme elle avait soixante ans, Chris ne fut pas jalouse.

Le grand moment arriva. Devant la foule assemblée, le président de l'université remit à Joshua la médaille du Prix spécial de la Recherche, qui récompensait ses brillantes études consacrées aux loups. Il résuma en quelques mots ses travaux, puis il lui donna la parole :

— Je suis extrêmement touché d'être l'objet d'un tel honneur de votre part..., dit Joshua.

Il balaya l'assistance des yeux.

— Pour moi, cette journée restera marquée d'une pierre blanche. Comme vous le savez peut-être, on m'a offert un poste au ministère de l'Environnement, à Washington.

Un silence de mort se fit dans la salle.

– Néanmoins, après mûres réflexions, j'ai décidé de refuser et de poursuivre mes activités de chercheur et d'enseignant à l'université du Nouveau-Mexique.

Les bravos et les applaudissements fusèrent de partout.

– Il ne reste plus qu'un point à régler, afin que mon bonheur soit complet, ajouta-t-il en se tournant vers Chris.

Les rires et les vivats s'apaisèrent aussitôt. Tous les regards se portèrent vers elle.

– Si Chris Lassiter, ici présente, consent à m'accorder sa main, je serai le plus heureux des hommes.

A ces mots, la jeune femme se jeta dans ses bras.

– Comme d'habitude, tu as choisi ton moment! s'esclaffa-t-elle en se collant à lui.

– N'est-ce pas?...

Quand ses lèvres se posèrent sur les siennes, une salve d'applaudissements éclata dans la salle...

Encouragés, ils se donnèrent le baiser le plus fou du monde.

LA COMPOSITION, L'IMPRESSION ET LE BROCHAGE DE CE LIVRE
ONT ÉTÉ EFFECTUÉS PAR LA SOCIÉTÉ NOUVELLE FIRMIN-DIDOT
MESNIL-SUR-L'ESTRÉE
POUR LE COMPTE DES PRESSES DE LA CITÉ
LE 4 JANVIER 1990

*Imprimé en France*
Dépôt légal : janvier 1990
N° d'impression : 13325